劇場版
幻《げん》・想《そう》・魔《ま》・伝《でん》
最遊記
Requiem
選ばれざる者への鎮魂歌

GENSOUMADEN SAIYUKI

劇場版

幻想魔伝
最遊記
～選ばれざる者への鎮魂歌《レクイエム》～

Novel:向坂氷緒

GFN

Gファンタジーノベルズ

Cover Illustration

峰倉かずや

劇場版

幻想魔伝 最遊記

～選ばれざる者への鎮魂歌～

CONTENTS

1章

NIGHT COMES

荒野の果てに望む、地平線上には燃える落日。

【PM6：30】

ジープの前に立つ四人の影が、地に長く伸びていた。

適当な距離をおいて、まるで統一感のない立ち姿で並んでいる。乾いた風が合間《あいま》を吹きぬけ、それぞれの衣服や髪をはためかせる。

法衣《ほうえ》、紅《くれない》の長髪、紗《しゃ》の肩布、短めの外套《マント》――。

前方には、妖怪の大軍団が陣取っていた。一国を攻めるのかと思えるほどの数で。

だが、彼ら四人は、それを余裕の表情で眺めている。平然と、泰然と、超然と。

憮然《ぶぜん》と。

ひとり、三蔵《さんぞう》だけが苛立った顔をしている。が、それも単に「うぜェ」からに過ぎない。

三蔵一行の抹殺!!　という敵の口上も、とっくにきっぱり聞き飽きたものだ。

面白味のかけらもない。――芸がないな、と三蔵は切り捨てる。

その様子を伺《うかが》って、となりに立つ八戒《はっかい》がわずかに眼を細め口を開いた。

「三蔵、僕たちご指名のようですよ？」

「じゃあ、相手してやんなきゃだなっ」

八戒の言葉を受けたのは悟空《ごくう》だ。頭の後ろで手を組んで、散歩にでも出かけるような気安さを見せている。だが、瞳に浮かぶのは物騒な戦意。

三蔵は舌打ちする。目前の大軍団と、売られた喧嘩《けんか》を言い値《ね》で買うバカの両方に向け、

「……暇人《ひまじん》どもが」

くだらなく吐き捨て、懐《ふところ》に手を入れた。撃鉄を起こす鈍い音が聞こえる。

がちり、と不吉な響きだ。凶暴さを孕《はら》んで！

四人の端に立つ悟浄《ごじょう》は、ヘッ、と毒のある笑みを浮かべている。腰に手をついたまま、完璧《かんぺき》に見下す目線を大軍団にくれていた。

「高くつくぜ？　俺たちの指名料――」

そう、低い声音で悟浄が揶揄《やゆ》するのと、
同時に。

がうんっ!!

三蔵の昇霊銃《しょうれいじゅう》が、敵の頭目《とうもく》に向けて乱暴に銃火《じゅうか》を吹く。

でたらめな照準。命中することなど端《はな》から期待していない、一撃。

ただの脅《おど》し、で。

それが合図だった。


あらかじめ戦うために生まれた動物のように――、
悟空の小柄な体が、荒れた地を蹴り、敵陣のさなかに飛び込んでいく。

しなやかに、獰猛《どうもう》に、金色の眼を「らんっ」と光らせて。

百は越える牛魔王《ぎゅうまおう》配下の刺客《しかく》らを、かけらもおそれることのない勢いで突っ込んでいく。

秒単位で敵の集団を端《はし》からなぎ倒す。降りかかる無数の刃《やいば》、火矢《ひや》、投石を高揚した笑みとともに如意棒《にょいぼう》のひと振りで払いのけ、

「遠慮すんなよっ、どんどん来いってッ!!」

挑発する声。ケダモノが吠《ほ》えるみたいに。

夜が近い。ぼやぼやしていては夕飯にありつくのが遅れるというものだ。

悟空にしてみれば、それこそが恐るべきこと。ザコ妖怪の百や二百は、端《はな》から相手ではない。

（とっとと片づけて、メシ！）

シンプルな思考回路を今、占めているのはそれだけだ。

呼吸するように攻撃を繰りだし、全身を躍動させて戦場を立回る。悟空の表情だけをとれば、遊戯に興じているようにしか見えない。

「おし、次ーっ！」

一匹倒した瞬間には、別の標的に狙いを定めている。

ひゅん、と。

風が鳴った。なにかに空が切り裂かれて。

羽虫のように集《たか》ってくる敵勢の中心に悟浄が立っていた。片手に錫杖《しゃくじょう》を掴《つか》んでいる。軽く振ったその先端から三日月《みかづき》型の刃《やいば》が飛び、鎖を引きながら円を描くように宙を滑る。

続けざまにあがる悲鳴。次々、霧散《むさん》していく妖怪たち。

ぬるい熱気を孕《はら》んだ風に髪を流されるままに、悟浄は洒落者《しゃれもの》じみた風情《ふぜい》で佇《たたず》んでいた。

くわえ煙草から紫煙がのぼる。悟浄の口許《くちもと》には薄い笑み。

もとより招いた覚えのない押しかけ連中には手加減無用。当然のことで。

しかし、なにより不満なのが、これ。

まだ残る多くの相手に、あーあ、と悟浄はぼやく。

「やだねぇ、女っ気なくて……」

刃の戻ってきた錫杖《しゃくじょう》を肩にかけ、まったくやる気ナッシングな口調。

それを隙《すき》ありと判断したのか一匹の妖怪が、背後から悟浄にしかけた。

だが、余裕のワンステップでかわした悟浄は、不敵な表情と剣呑《けんのん》な眼差《まなざ》しで妖怪を一瞥《いちべつ》。

「——悪《わり》ィな」

言葉とともに錫杖《しゃくじょう》を突きだす。

ずんっ、と妖怪の腹を貫いて、背中から刃《やいば》がのぞく。

「俺、野郎には容赦《ようしゃ》しねぇのよ」

OK？　と笑みで問うが、答える前に妖怪は霧散《むさん》、消滅。

(やぁれやれ、だな)

とっとと片づけて次の街へ、という点では、やんちゃバカ猿と同意見だった。無論、その目的がメシだけというのではないが。メシと、それからもっとイイもの。

ふと悟浄は視線を横にすべらせる。

……光が、膨《ふく》れ上がっていた。

押しよせる敵たちに開いた掌《てのひら》を向けて、八戒が気孔波《きこうは》を充填《ため》していた。

凄烈《せいれつ》な輝きが生まれ、球形をなしている。

けれど、その八戒自身はどこまでも人畜無害《じんちくむがい》な穏やか顔で。

怒号《どごう》をあげて迫《せま》る敵の一団に和《なご》やかに休戦をもちかける。

G E N S O U M A D E N S A I Y U K I

「もっと平和的に、話し合いとかで解決しませんか？」

状況を考えれば、どの口がゆってんだコラ、とつっこまれてもおかしくはない。だが、そもそも敵の妖怪たちは聞く耳を持っていなかった。

交渉決裂、だ。

そして八戒は冷静に対処――、つまり敵めがけて気孔波《きこうは》を投げつけた。

ドンッ!!　と炸裂《さくれつ》。

無慈悲な光球に飲まれて、一団はまるごと消滅。

「……言うだけ無駄でしたね」

残念がるセリフを口にするが、どう見ても予想通りだったとしか思えない。

ぱんぱんと軽く手を払う、その仕草《しぐさ》もあまりに平然としていた。単眼鏡《モノクル》のズレをすいと指で直し、現在の戦況をうかがうように、八戒は視線をめぐらせる。

いともあっけなく。

コンビネーションという言葉を足蹴《あしげ》にした、手前勝手な戦いぶりを発揮している悟空と悟浄は見つかった。とにかく派手に敵が倒されまくっている中心を見ればいいのだから、簡単だ。敵の総数はおよそ半分に減っている。

（三蔵は……？）

安否《あんぴ》を心配するでなく、八戒はちらりと三蔵を気にする。この程度の戦闘で命を落とすタマでないことはわかっている。気遣《きづか》いは逆に侮辱《ぶじょく》だ。

ならば、どこへ……、

「おい！」

声と同時に、背中からぶつかってきた。三蔵は真後ろにいた。押されて、八戒はわずかに体勢をくずす。ふり向くよりも先に、三蔵がさらに言葉を重ねた。

「お前、最近ますます性格悪くなってねぇか？」

鋭い冷たさを含む舌鋒《ぜっぽう》。言いながら三蔵は、後方に向けて昇霊銃《しょうれいじゅう》を撃っている。銃弾を食らった妖怪が霧散《むさん》。

三蔵が先ほどの八戒の攻防を観察していたのは明白だ。

しかし八戒は、心外、という表情をする。背中合わせのまま三蔵と声を交わした。

「そうでしょうか？」

「自覚がねぇなら気をつけたほうがいい」

「性格の悪さなら誰かさんほどじゃないと思いますけど」

わざとらしく謙遜《けんそん》する八戒に、三蔵は昇霊銃《しょうれいじゅう》へ弾丸を込めながら、

「誰のことだか見当もつかんな！」

切って捨てる語調で返し、弾込《たまご》めのすんだ銃口を手当りしだい敵に向ける。

僅《わず》かのためらいもなく引金をひく。銃声。銃声。銃声。

ガウン――――ッ!!

【PM6:45】

地平線にある夕《ゆう》の残照が、高空《こうくう》へ向かうほど夜の濃紺へと移ろいゆく。

日は沈んだ。荒野をわたる風に夜気《やき》が含まれつつある。

Zippo《ジッポ》を取りだして、悟浄が新たにくわえた煙草に火をつけた。

一度深く吸った。煙草を指で挟《はさ》んでそのまま手をおろし、腰に添える。

気怠《けだる》げに空を仰《あお》ぐように顔をあげて、ドーナツ形の煙を吐く。その輪がほどけて消えていく様をつまらなそうに眺めている。

悟浄は、ふと目線を斜め前に投げた。

「八戒、次の街までどれくらいだっけ?」

びくり、と。

自分に向けられた言葉ではないのに、過敏《かびん》な反応を示したのは一匹の妖怪。

大軍団、最後の生き残りの、頭目《とうもく》。圧倒的に優勢だったはずが、ものの短時間で他の配下はすべて倒された。現実をまだ受けとめられていないようにも見える。

「早く行こうぜっ。俺、もう腹減って死にそう！」

地べたにしゃがみ込んで、ぼやいているのは悟空だ。

苦戦、というには程遠い戦闘だったが、それでも体を動かせば腹は減る。

頭目《とうもく》を見る目に敵意がこもるのはごく自然なこと。まだ子供っぽさの残る悟空ににらまれただけで、頭目《とうもく》は「ひいッ」と細く悲鳴をあげた。つまんねーの、と悟空はあっさり興味をなくす。弱い相手には、やる気も起きない。

「じゃあ、街に着いたらパーッといきましょうか」

頭目《とうもく》を挟《はさ》んで悟空の向かいに立つ八戒が、ことさら朗《ほが》らかな笑顔で提案する。

悟空のほうに顔を向けていた頭目《とうもく》が、その声に、ビクッとふり向いた。まるで他意を感じさせない八戒のにこやかな表情に、心底恐れを抱いた様子で硬直している。

悟浄がそんな八戒に（……遊んでんじゃねーよ）の冷眼《れいがん》を送っていた。

あ、あひゃ、あわわわッ、と声にならない声をもらして、頭目《とうもく》は地面に這《は》いつくばる。

みっともなく焦った顔で、自分を囲んでいるものたちを見回す。

……と、

ニッ、とその口の端がゆがんだ。

結局、恐怖ににごった両眼が捉《とら》えたのは、悟空でも悟浄でも八戒でもなく。

ただの人間の、三蔵。

こいつなら何とかなりそうだ、と頭目に判断された当の三蔵は、法衣《ほうえ》の袖に手をいれ腕を組み、ひたすら面倒くさげに佇《たたず》んでいる。「あー、うぜェ」と太字が顔に浮かんでいる。

「フン――」

見ることができるのは、連れの三人のみだったが。

戯《ふざ》けた笑みの悟浄に、欠片《かけら》も心配していない悟空。八戒だけが「おや」とわずかに目を見開いたが、それはバカな選択をした頭目《とうもく》の愚かさがごく少々意外だったから、だけだ。

日没の反対方向、昇ってくる月。夜の訪れ。

悠然と、月をながめるように三蔵は視線をすいと動かす。

見えすいた隙だが、逃さず、頭目《とうもく》は地を蹴る。

長く鋭利な爪をのばして、コロス！　と腕を振りあげ三蔵に飛びかかる。

「……たまには静かに寝させろ」

ため息まじり。三蔵は無造作に、法衣《ほうえ》の袖から片手を抜く。

当然のごとく握られている昇霊銃《しょうれいじゅう》。撃鉄はすでに起こし済み。

水平に構え、宙にある頭目《とうもく》の眉間にぴたりと照準。

驚き、間抜け面の頭目《とうもく》に、眉ひとつ動かさず。

「お前も寝ろ」


一発の銃声。

【PM7：50】

早々と、月は夜空の高みにある。

赤い満月。凶兆《きょうちょう》、とも伝えられるものだ。

だが、実際は荒野の砂が高く舞いあげられプリズムの役目をはたして、月明りを偏光させているに過ぎない。赤色が血の色と結びついて、勝手な民間伝承が生まれる。

愚かなこと、と八戒は思うが、それもまた「人」の正しい有り様なのだろう。

己が生きやすいために、愚かであることを無為に選択する。

そんな「人」に絶望することなら、とっくの昔に経験していた。

心と体の両方に刻まれた傷とともに。疼《うず》きとともに。

ふぅ、と八戒は短く息をつく。

ジープの運転席でハンドルを握る手つきに、まったく危なげはない。のだが。

問題は、すでに一時間以上も荒野を走りっぱなしであること。

肌をなでる風を心地よいと感じていたのも先刻までだ。後部座席から、なにか言いたそうな悟空と悟浄の視線。夜の中にあって尚目立つ金髪を風にまかせ、助手席の三蔵もどこか不機嫌な顔をしている。

(うーん……)

ジープ上に漂うぴりぴりした空気。なんとかするべきだろうか。

視線を前方に向ければ、鬱蒼《うっそう》とした影が横に広がっている。

森林の樹影だ。あと一キロも進まないうちに岐路《きろ》に立たされる。

森に入るか、迂回《うかい》するか。

その前に、同乗者たちの高まった不満メーターを静めるのが先か。

(さて、どうしますか)

いくらかの思案する間をはさんで、八戒はおもむろに口を開いた。

三人に聞こえるように、

「平和、ですねぇ。月もキレイですし」

…………。

助手席の三蔵は横目に八戒を見て、「フン」とだけもらす。

あーあ、と悟空が力なく嘆息《たんそく》した。充分な広さがあればゴロゴロと転がりそうな雰囲気だ。運転席と助手席の間から身を乗りだしてくる。

「なぁ、八戒」

「何《なん》です？」

「まだ街につかねぇの？　俺、腹減ってマジ死にそうなんだけど……」

悟空の声には切実な響きがあった。実際のところ、一晩、食事を抜いても死にはしないものだ。しかし、悟空にとって空腹は何より恐い敵らしい。

昼間に残りの食糧をすべて食べてしまったのも、悟空ではあったが。

八戒は困りつつも、一応笑みを浮かべて応じる。

「そうですねぇ」

言葉を切って、……はぁ、と芝居がかった深いため息をつく。

三蔵が顔を向けて、不躾《ぶしつけ》に問うてくる。

「どうした？」

「いや――。どうでもいいといえば、どうでもいいことなんですけどね」

「……何《なん》だよ？　言えって」

後部座席の悟浄が、やや疲れをにじませた声で、先をうながす。

「どうやら、道に迷っちゃったみたいです。僕ら」

日常会話の延長のように、さらっと言い切った。あはははは、などと曇りのない笑みを添えて。車上の空気が、ばきッ、と凍りついた。

シートを蹴りつける勢いで、悟浄が立ちあがる。

「アハハ♡　じゃねーよ！　おい、こんなトコで野宿は御免だぜ!!」

「晩飯はどーなんだよ!?　晩飯はっ!?」

運転席に手をかけ、悟空はがたがたと揺らす。やばいって、俺、もう限界なのに……っ！　と喚《わめ》くその声に、力がこもっていない。

ひとまず八戒は、ブレーキを踏んだ。砂塵を舞いあげ停車するジープ。

ハンドルから手を離し、足下《あしもと》の地図を拾う。煌々《こうこう》とした月明かりのおかげで読むには困らなかった。方角を合わせ、自分たちが進んできた行路《こうろ》を確認する。

んー、と八戒は首をかしげて、

「おかしいですねぇ。この地図だとすぐ街につくはずなんですけど」

後部座席から身を乗りだしたまま、八戒と同じに地図をのぞいていた悟空が力尽きたようにガックリとシートに座り込んだ。ジープの側面に前屈するように上半身を投げだして、ばたばたと暴れる。

「あーー、ハラ減ったッ。腹減った腹減った腹減ったぁー!!」

「うるせーよ。当たんな、ジープに。バカ猿」

がつんっ、と悟浄の蹴りが背中に入った。きっちり服に跡がつく。

体を跳ね起こす悟空。そのつもりはなかったが、かたちとしては確かにジープに八つ当たりしたようなものだ。だから、悪かったと思って悟浄への反撃は堪《こら》える。

――が、

「しょうがねーだろ。腹減ってるんだから!」

「メシのことしか考えらんねぇのか。ホント、のーみそ胃袋だな、お前」

「そっちこそ、触覚きかせて街ぐらい見つけてみせろよなッ。赤ゴキブリ!!」

「ゴキよりしぶてー猿が騒ぐなっつーの。砂でも食ってろ」

「バカにすんなっ、食うかよッ!」

「食え食え、俺がゆるす」

あっさり喧嘩《けんか》上等《じょうとう》モードに入る二人《ふたり》。

で、戦闘開始のカウントダウン、10も必要なく、即激突。

ガタガタとジープを揺らして。好勝負を。

八戒は地図をしまいながら、そっと助手席をうかがう。三蔵の不満メーターはあっけなくレッドゾーンに突入しているようだった。実の処《とこ》、四人の中で最も短気なのも三蔵で。

こうなってしまうと、八戒にできるのは成りゆきの静観《せいかん》だけだ。

よけいな一言は事態をさらにややこしくしてしまうとわかっている――。

「なんだかんだいって、まだまだ元気ですね。うちの園児たちは」

三蔵のかたちのよい眉が、ぴくっと跳ねた。

「……ウゼーんだよ、ガキどもは。いつもいつも」

温度の低い、殺伐《さつばつ》とした平坦《へいたん》な調子で三蔵は吐き捨てる。

わずかに顔をうつむけ、片手を持ちあげて前髪に差し入れた。金の輪郭がみだれ、指の隙間から零《こぼ》れる。沈思するような、間。

厳《おごそ》かに。……堰《せき》を切る予兆、が。

八戒はおとなしく見守る。まばたきを、ひとつ。

瞬間。

「永遠に寝かすぞ、てめェら」

抜く手、一閃《いっせん》――。

取っ組みあう悟空と悟浄に昇霊銃《しょうれいじゅう》を向け、三蔵、そくざの発砲。

神業《かみわざ》！　の速度で飛びのいた二人《ふたり》をかすめ、銃声が夜の中に吸い込まれていく。

長く余韻をひいて。

八戒がそっと後方を伺《うかが》えば、きっちりホールドアップで固まっている悟空と悟浄。

（拍手喝采《はくしゅかっさい》ものですね）

いつもいつも思うのだが、すべてが絶妙の呼吸である。大道芸の名手も尻尾をまいて逃げだすこと請合いだ。

銃弾の行方《ゆくえ》を追うように、八戒はごく和《なご》やかに空を仰《あお》ぎ見た。

どこまでも深い月夜。

「いやあ、平和ですねぇ――」


そうなのか？

【ＰＭ８：00】

停車したジープのヘッドライトが前方に光を投げている。

その方向には、黒々とした樹影《じゅえい》のかたまりが見える。地図で確認するかぎり、それほど広くはないはずなのだが、近距離で目にする印象はまるで違った。

夜闇に浮かぶ森の姿は、威容と呼んで差しつかえないほどだ。

真っ直《ます》ぐ森を抜けるか。迂回《うかい》ルートをとるか。

四人で検討するべきなのかもしれないが、それですんなり意見がまとまるとも思えない。

八戒は、決定権を有する三蔵に直接うかがうことにした。

「三蔵。これからどうす」

「────あ」

後部座席に沈んでいた悟空が、ぽつりと呟《つぶや》きをもらした。

シートの上に立ちあがる。

「なんだよ、サル。小便か？　見えないトコでやれよ」

となりに座る悟浄がうざったそうに声をかける。だが、悟空は答えない。

自然体の立ち姿のまま、森の方を見ている。

湿気を含んだ夜風が鳶色《とびいろ》の髪をなで、耳許《みみもと》をくすぐるが表情ひとつ変わらない。

じっと、神経を集中させている。

するどく五感を磨《と》ぎ澄ましている。

かすかな大気の細波《さざなみ》までも逃さず感じとろうとしているように。

「悟空……？」

八戒は抑えた声音《こわね》で問う。悟空のもつ勘のよさには全幅《ぜんぷく》の信頼をおいていた。

その悟空の本能が、なにかを嗅《か》ぎとっている。

「悟空、何《なに》か――」

「なんか来る」

短く、端的《たんてき》に、それだけを悟空は口にした。何《なに》？と三蔵がシートにもたれる姿勢はそのままに、森へと視線を向ける。するどく。

わずかの間をおいて、聞こえてきた。

がさがさという草葉をかきわける音と、細く声にならない悲鳴。

三蔵たちすべての耳に届いた。続けて、人影が樹影《じゅえい》を割って飛びだしてくる。

おぼつかない足取りで、尚、必死の様子で駈けてくる。ジープに向かって。

ヘッドライトが放つ光源の中にすぐに一人《ひとり》の姿が入った。立ち止まる。

人工的な明りに照らされる翠味《みどりみ》がかった長い髪。ジープのわずか手前で、今にも倒れそうに前屈《まえかが》みになっている。肩を揺らし息を弾ませている。衣服の上からもわかる、たおやかな肢体。

女性だ。

「へー……」

どこか愉快そうに悟浄が、ちらりと悟空を見た。すぐに視線を女性に戻す。

「やるじゃねーの。女の匂いを嗅ぎとるなんざ」

賞賛の色を混ぜつつも、悟浄は冷やかしの言葉を口にする。

悟空に備わっている探知機に、食物と、それよりもっと大好きな誰かさん以外のものが引っかかるとは驚きだった。なるほど、迷うはずのない荒野で立往生《たちおうじょう》する訳だ。

だが悟空は、悟浄の言葉にも取り合わず、厳しい眼差しで森を見ている。

三蔵も、八戒も、まだ森へ向けた意識をそらしていない。悟浄も視線を軌道修正した。

女性が身を起こして、手で胸をおさえ呼吸を整える。

弾《はじ》かれたように悟空が怒鳴り声をあげる。女性も口を開いた。

重なる言葉——、

「違うって！　もっとでかい奴が来んだよっ!!」

「……ッ逃げてぇ————っ!!」

——ドンッ!!

広大な森の樹々を割って、巨大な影が空に舞いあがった。

「!!」

三蔵たちもさすがに息を呑んだ。

夜天《やてん》に舞う、月明りをさえぎって飛翔する、翼を広げた影に。

……その大きさに！

それは鳥のような姿をしていた。否、現実にはありえないサイズということを無視すれば、それは確かに『鳥』であった。種目は特定できない。

一般知識の範囲にあるどの鳥類とも似ていなかった。

「なんだぁっ、アレ!?」

出現を予見した悟空さえもが、戸惑いの声をだす。大きすぎ、だ。

小さな村落であれば広げた翼で覆《おお》ってしまえるのではと思えた。

巨鳥、あるいは怪鳥。とにかく鳥の姿はしているが、化物といったほうが的確。

ゆっくりと高空《こうくう》を旋回《せんかい》する。妖しい光を放つ双眼が、三蔵たちを睥睨《へいげい》している。はるかな上空にあって、轟《ごう》、と羽撃《はばた》けば地表にまで強風が吹きおろしてくる。

大気が重く叩きつけられ、ジープの車体が揺れるほどだ。

ぎゅあああああああっっっ！　と、明記しがたい鳴き声をあげる。

ヘッドライトの明りの中で、女性が悲鳴とともに耳を塞《ふさ》いだ。

あの怪鳥がこの女性を追っている……、狙っているというのだろうか？

「おいおいっ。こっち来んじゃねーのか？　あいつ!!」

見上げていた悟浄が、場の意見を代表して口走る。

冗談ではない、が、確かに洒落《しゃれ》ではすまない事態だ。怪鳥は、悟浄の台詞《せりふ》を要求として聞き入れるようにするどく鳴くと、空を裂き、大気を震わせ一気に急降下してきた。

「────ッ！」

八戒はすばやく右手でハンドルを掴《つか》む。反対の手をギアレバーに伸ばす。

三蔵が、後部座席をふり返った。

「食われてみるか？　吐きだされなかったら誉めてやる」

「「お断りだっ!!」」

息のあった悟空と悟浄。

八戒が、ギアレバーを押し込みエンジンの回転数を上げながら、

「悟空」

「んだよっ、八戒！」

「フライドチキンは好きですか？」

「……え？　お、おうっ」

暴力的な風が吹きつける。

前方に降下してきた怪鳥は地表すれすれで一度強く羽撃《はばた》き滞空《たいくう》する。砂塵《さじん》が吹き荒れる。

「焼鳥は？」

「好きだよッ」

もはや眼前といってよい距離に、笑うしかない巨大な鳥の全容が迫っていた。

「チキンソテーは？」

真剣でありながらも余裕を残した表情で、八戒はさらに悟空に問う。

ジープはまだ停車している。

後輪が激しく空転している。

エンジンの回転計の針がレッドゾーンに突入する。

限界が来る。

「――大好きだよッ!!」

さらに迫る怪鳥。叫ぶように答える悟空。

八戒は表情に笑みをよぎらせ、次の瞬間、真顔《まがお》になってギアレバーを素早く操る。

同時にアクセルを全開にする。

突き飛ばされたようにジープは後ろ向きに急発進。怪鳥から逃げてジープの横を抜け、まっすぐ駆けだしていた女性に、バック走行のままあっさりと追いつく。荒れた地面に足をとられ転びかけた女性を、悟浄が人攫《ひとさら》いのごとく掬《すく》いあげた。

「俺は、美女担当っつーことでヨロシク」

「なんだよ、それっ」

「それじゃ、悟空は晩ゴハンのほう……、お願いしますよっ!!」

言い放ちざま八戒はハンドルを大きく切ってジープをスピンターンさせた。

派手に振り回されながらも、悟空は危なげなく車上に立ちあがる。

「晩飯ってアレかーっ!!」

ジープの背後、ぴったりと追ってきている怪鳥の化物面と顔を突きあわせ、悟空は「うげ～～～～っ!」と声を吐く。いくらなんでも、不味《まず》そうすぎるというものだ。

助手席の三蔵は、投げやりな口調で悟空に告げる。

「腹減ってんだろうが。バカ猿一匹で平らげても文句は言わねーよ。食え」

「や、やーめろって! 三蔵っ」

「お許しも出たろ? 贅沢《ぜいたく》いってねぇで早く料理しちまえっ」

「っざけんなよ、エロ河童《がっぱ》!!」

「悟空！　とっととやっちゃってくださいッ」

……揃いもそろって。

お前ら俺のことなんだと思ってんだよっ？　と悟空は頭を抱えたくなる。悟浄の腕の中で女性が目をぱちくりとさせていた。まさか、本当に食べるとは思っていないだろうけど
――。

いや、しかし。疑いの眼差しで見られている気もする。

これではどちらがバケモノかわからない。

（あー、ムカツク！　腹もちょー減ってんのにっ）

手の中に如意棒《にょいぼう》を現わし、悟空は怪鳥をギッとにらんで、大きく振りかぶる。

もはやプライドの問題。バカやら猿やらは、まあまだ多少は我慢できても。

「冗ー談じゃね――ぞッ!!」

悪いのはぜんぶ怪鳥と決めて。

（意地でもブチ倒すっ）

【ＰＭ８：07】

だが悟空、極度（?）の空腹により、大苦戦。

【ＰＭ８：10】

樹々が密集する森の中をジープは激走している。

上空をふり仰《あお》げば、緑葉《りょくは》の隙間から怪鳥のシルエットが見えた。正確にジープを追走して飛んでいる。視力もよいらしい。引き離すのは困難か。

なかなかしつこいですね、と八戒は内心でこぼす。

鳥も含めて動物は嫌いではないのだが。上のあれに飼い主がいるなら、文句を言ってやりたいところだ。しかし、ともかく今はそんな場合ではなかった。

ここまでの数分、すでに幾つか手は打っている。だが、そのどれもが怪鳥に対してさほど効果をあげなかった。悟空の戦闘力が低下しているのが痛い。

もはや正攻法では退《しりぞ》けられないだろう。と、八戒は判断していた。

起伏の激しい地面に、さらに樹の根がうねっていて足場は最悪。ジープは跳ね続けて、八戒はハンドルを操って車体を安定させるので手一杯だった。

（……僕らの奥の手、というと……）

ちらと助手席を見れば、わかりやすく不機嫌な顔をした三蔵が揺られている。

森に入ってから、ずっと黙ったきりだ。ときおり飛んでくる樹の枝や葉を手で払いのける動作以外は、現在おかれた状況にまるで無関心な態度。

怪鳥の狙いだった女性を悟浄との連携でジープに乗せたことを、「てめぇらで抱えた火種《だね》はてめぇらで始末しろ」とでも言いたいのだろう。もとより、旅の過程で人助けじみた足踏みを強《し》いられることを誰より厭《いと》うのも三蔵だった。

「三蔵」

「…………」

八戒の声に三蔵は応えない。

「頼みますよ、三蔵」

いくつかある奥の手のうち、悟空と八戒のものは伴《ともな》う危険が大きすぎる。

そこで八戒はなるべく穏便《おんびん》に三蔵へと水を向けたのだが。

「お前らが勝手に首を突っ込んだことだろうが。頭の上の蠅《はえ》くらい手前《てめぇ》で払え」

苛だった声で拒絶される。

きつい語調を抜きにしても、確かにその言葉に説得力はあった。

「あれは蠅《はえ》にしちゃ大きすぎですよ」

堪《こた》えた様子なく真顔《まがお》で返す八戒に、三蔵は不快げに眉を寄せた。

後部座席から、悟空が急《せ》かすように三蔵の名を呼ぶ。そのとなりで悟浄が、助けてン三蔵さまぁん、などと軽口を叩いている。

三蔵は、するどく舌打ち。

視線を前に向けていたため八戒は、三蔵がどのような思考をしているか表情から読むことはできなかった。短い間のあと、重く息をつくのが聞こえた。

「高くつくぞ、てめぇら」

この状況を何とかせねば先へ進むこともままならない、と判断したのか。それでも他人の尻拭《しりぬぐ》いなど、三蔵にとって激しく不本意には違いない。刺々《とげとげ》しい空気の矛先《ほこさき》は、上空の怪鳥にだけ向けられているのではないだろう。

「どけ」

銃殺するような声音で、悟空と悟浄を押しのけ後部座席に移る。

おとなしく左右に体を寄せた二人《ふたり》の間に立つ。昇霊銃《しょうれいじゅう》を構えた右手を頭上高くに掲《かか》げる。

銃口を天へ向けて。怪鳥に向けて。

撃つ。

銃火《じゅうか》の尾を引いて――。

魔に対し絶大な力をもつ水晶製の弾丸が、夜空を滑空《かっくう》する怪鳥の胴体に吸い込まれた。

ぱっ、と羽とも血ともつかないものが怪鳥の腹から散った。

しかし、それだけだ。

怪鳥は損傷を負ったふうには見えない。効いていない。

ぎゅあああああああっっっ!!　と、健在を誇示《こじ》するように鳴き声をあげている。

昇霊銃《しょうれいじゅう》が効かない？　顔には出さずとも、三蔵が一驚《いっきょう》しているのは明白だ。

……癪《しゃく》に障《さわ》る！　と。

「あのー、スピード落としましょうか？」

三蔵が狙いを外したとでもいうように、八戒が言い添えた。何《なん》のためらいもなく素手で逆鱗《げきりん》に触れるかのごとく。あくまで善意に満ちた笑顔で。

かちんっ、という不穏な音を全員が耳にした。

「いや」

三蔵は愛銃を助手席に放る。

「このままでいい」

断言する。反駁《はんばく》を許さぬ声。

持ち前の沸点の低さを証明するように、三蔵からは明らかな殺気が立ち上っている。

昇霊銃《しょうれいじゅう》が効かずとも三蔵にはまだ得物《えもの》があるのだ。

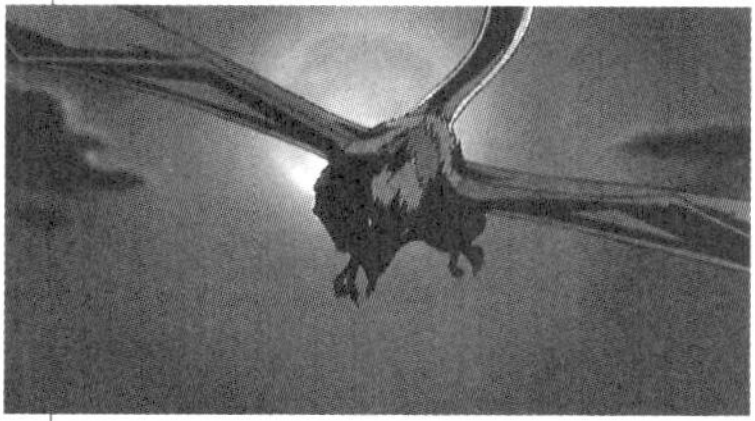

格別の切り札が。

それは、魔を封殺《ふうさつ》する宝典。

撃ち殺す鋭さで――。

フッ、と呼気《こき》をためて、三蔵は一息に真言《しんごん》を解き放つ。

「――――ッ!!」

魔《ま》
戒《かい》
天《てん》
浄《じょう》
!!

……荒れ狂う嵐の勢いで経文が上空に伸び、天高く怪鳥に襲いかかる。

かわせるはずのない。

逃すはずのない一撃。

轟《ごう》っ、と強い羽撃《はばた》きとともに急上昇し。

「魔戒天浄《まかいてんじょう》」を見切ってのけた怪鳥に、今度こそ三蔵は驚愕《きょうがく》をあらわにする。そしてそれは悟空、悟浄、八戒も同じだ。

なにモノだ？　あれは？

【PM8：25】

森の一隅《ひとすみ》、若干ひらけた空間でジープは停車していた。

周囲で黒々とした樹影が、風にゆれ音を立てていた。

「ふう、危機一髪でしたね」

ハンドルから手を離し、肩をもみながら八戒は労《ねぎら》いを口にする。

しかし、助手席の三蔵は不服げに黙ったままだ。それを横目に見て、八戒は小さく笑う。

後部座席から手を伸ばし、悟浄がなれなれしく三蔵の肩に手を置いた。

親しげ、ともとれるが相手を考えれば喧嘩《けんか》を売っているも同然。

「さっすが三蔵サマ、なんとか追《お》っ払《ぱら》ったじゃねーの。な、ん、と、か」

強調してちゃかす悟浄に、三蔵は剣呑《けんのん》な眼差しを向ける。触るなバカが感染《うつ》る、とばかりに肩の手を払いのけ、

「うるせぇ、殺すぞ」

切り口上。

ほぼ頂《いただき》にまでのぼりつめた赤い満月が、三蔵たちを照らしていた。

「魔戒天浄《まかいてんじょう》」から逃れた怪鳥はすでにどこかへ消えている。

それが何故なのか。本当に恐れをなしてか、それとも獲物に興味をなくしてかはわからない。どうせ考えても無駄だ。化物の思考パターンなど知らない。

……ぎゅるるるる、と後部座席で腹の虫。

悟空がもはや逆ギレする余力もないように、「あ〜〜〜〜……」と情けない声を出している。溶けてしまいそう、という表現が似合う様でシートに沈んでいる。今の悟空であれば、それこそザコ妖怪の一匹にでも倒されそうだ。

もちろん、空腹のままあの世行きなど、悟空は「死んでもヤだっ」なのだろうが。

「あのう……」

悟空と悟浄の間にはさまれて座る女性が、おずおずと口を開いた。

すでに悟浄が、彼女から『朋蘭《ほうらん》』という名を聞き出している。

「危ないところを……、本当にありがとうございました」

「いえいえどーいたしまして、ってね」

火のついた煙草を指ではさんだまま軽く手を振り、悟浄が受け流す。

恩に着せるところのかけらもない悟浄の口振りに、朋蘭は済まなそうに首を振る。

「朋蘭さん、お家《うち》はこの近くなんですか？」

「……そうです」

運転席からの八戒の質問に、ひとつうなずいて朋蘭は答える。

「といってもご主人様のお屋敷なんですけど」

「ご主人様？」

悟浄の呟《つぶや》きに、朋蘭はもう一度うなずいた。

「ええ……。あの、この先に吊橋《つりばし》があってそれを渡るとお屋敷につくんですけど」

一旦《いったん》言葉を切り、わずかにためらいを見せてから、

「もしよかったら……、何《なに》もお構いできませんが、せめてお礼を」

「メシあるっ!?」

シートからずり落ちた体勢を一気に立て直し、悟空が噛《か》みつくように訊《き》いた。

気圧《けお》されて、つい目を丸くして固まってしまい、朋蘭は慌てて頷《うなず》く。

「……あ、はい」

「シャワーとベッド、ある？」

誑《たら》し込む視線で、そう尋ねるのは悟浄だ。

「ええ……、あります」

「行く行く！　俺、ぜってー行くっ!!」

「オニーサンも行く行く♡」

「は、はい」

なにやら熱烈な二組《ふたくみ》の視線にはさまれ、朋蘭は身を縮込《ちぢこ》めてしまう。

どうぞ遠慮なく……、と応える声も、おびえたように小さい。

(いろんな意味で美女と野獣ですねぇ)

八戒はそんな感想を抱いた。握りぐあいを確かめる動作で、ハンドルに指を絡める。

怪鳥との競走でずいぶん乱暴な運転をしていた。ジープの負担を考えると、そろそろ休息を摂《と》りたいところだ。月明りを受け、鈍く照り返しているボンネットに視線を向ける。

そのまま隣席《りんせき》に確認をとる。

「どうします？　三蔵」

何《なに》が気に入らないのか三蔵は、フン……、と短く息をついて、

「勝手にしろ」

「それじゃ、お言葉に甘えましょうか」

ふり向き、後部に笑いかけてから、八戒は前方を見やってアクセルを踏んだ。

エンジンの振動がシートにまで伝わってくる。あとすこし頑張ってくださいね、とジープを励ます。徐々《じょじょ》に動きだす車上で、八戒は一度空を仰《あお》いだ。

深緑の瞳に月が映る。

【PM8：30】

道、というには若干《じゃっかん》荒れすぎの道を、数分も進むと渓谷《けいこく》に行き当たった。

名匠の手になる山水画のごとき景観。清流の水音が、岩壁に反響して深い音階を奏でている。対岸まで、目測でおよそ五十メートル。下方、谷底を流れる河の水面までも同じくらいだろう。水深は不明だが、落ちたくないという点で変わりはない。

木組みと縄だけで架かる吊橋《つりばし》は、渓谷《けいこく》を吹き抜ける風に波打っていた。吊橋《つりばし》とは揺れるもので、と理解していても腰が引けそうになる。古びた、年期の入った佇《たたず》まいが、それに拍車をかけた。老朽化《ろうきゅうか》していて不思議はない。今にも落ちそう、だ。

しかも橋の幅が、車一台ぎりぎり通れる程しかない。

それらを抜きにすれば、観光気分で眺めるにもよい佳景《かけい》であった。

ジープは徐々《そろそろ》と吊橋《つりばし》を進んでいる。

「…………」

八戒は慎重にアクセルを踏み、ハンドルを微調整していた。異様な緊張感が車上を支配していた。吊橋《つりばし》の向こうの岩山と麓《ふもと》に見える森林が、やけに遠く。

ジープから恐々《こわごわ》身を乗りだして、悟空が足場の橋板を観察する。

「なぁ八戒――」

聞いてしまってよいものか、悩むように悟空は言い淀む。

場合によっては聞きたくない回答が返ってきそうで。

だが、聞かずにいても不安は膨《ふく》れるばかりなので、思い切って口にした。

「この橋、大丈夫なのか？」

漠然《ばくぜん》とした質問。それは車上の三蔵たちに共通する疑念だ。だが、ハンドルを操る八戒は、真剣であっても冷静な、涼やかといってよい表情をしている。

「大丈夫ですよ」

その声には一点の曇りもない。かけらも不安を感じていない口調だ。

実際、ジープを運転している八戒の言葉なので、悟空はほっと安堵《あんど》を覚えた。

「…………たぶん」

さりげなく言い添えられた一言。

一行の心臓をわし掴《づか》みにするには充分な呟《つぶや》き。

仕組んだように、タイヤの下で橋板の一枚が割れ、はるか下方へと落ちていく。

水面に跳ねるじゃぽんという音が聞こえるまでの、時間の長さが恐怖心を煽《あお》る。

「なんだよ多分って！　おい、八戒っ!!」

悟浄が前列に身を乗りだす。
それがさらなる揺れを生む。
ぎぎぎぃっ、と木組みは不吉な軋《きし》みを立てる。
「あ、」
唐突に八戒がぽつりともらした。
な、なななななんだよッ!! と悟空と悟浄は思わず怒鳴り声を上げる。
「それじゃ行きますよっ」
一方的にそう告げて、八戒はいきなりアクセルを深く踏んだ。
がくんッ！ と急加速の衝撃。悟浄の背中がシートに押しつけられる。
走り屋じみた加速っぷり。足場の橋板が、木琴の端から端まで桴《ばち》をすべらせるように、
だらららららっ、と音を立てる。
悟浄が顔面蒼白《がんめんそうはく》になるより早く、悟空が悲鳴を上げるよりも早く。
ジープは一気に吊橋《つりばし》を渡りきった。無事に。
だが。
……心臓に悪すぎだ。
吊橋《つりばし》から土の地面に変わって、揺れることのない確かな足場になって。

ようやく悟浄と悟空は、長く息を吐きだした。呼吸を止めていたことさえ忘れていた。

「てめぇはよ――」

悟浄が絞《し》め殺すように、後ろから手を伸ばして八戒の首にかける。

「ったく、焦らすんじゃねーぞ!!」

「さっさと渡ったほうが安全なんですよ。ああいう場合」

その手を払うこともしないで、八戒は速度を緩《ゆる》めてハンドルを操る。目前の森へとジープを進めた。納得いく説明ではあったが、ならば先に一言あってよいはずだ。

実のところ、途中でただ面倒くさくなっただけ、だとしてもおかしくはない。

コイツならな、と悟浄は考える。死線を越えるかというときほど、気紛《きまぐ》れに無茶をしがちなのが八戒だ。それでバカな死にざまを晒《さら》す姿というのも想像はつかないのだが。

悟浄は八戒の首からゆっくり手を離す。

……死神にさえ嫌われている、と八戒を評したのは自分だったか、三蔵だったか。

「なんです?」

「べっつにー? ンでもねぇよ」

不躾《ぶしつけ》な視線に気づいてふり向く八戒に、悟浄はシニカルな笑みを返した。

どさりとシートにもたれて、煙草を深く吸った。

かたちはどうあれ、危機を過ぎたあとの煙草が美味《うま》いというのは、いつも同じで。

（バカみてーだけど）

ま、それだけでいいか、と頭の端で思った。

【ＰＭ８：40】

人気《ひとけ》のない荒野に、四つの影が訪れた。

天高くにある月の光明に照らされて、地に残る戦闘の痕跡《きずあと》が浮かび上がっている。

生々《なまなま》しく。

「一足《ひとあし》遅かった……、か」

苦渋《くじゅう》のにじんだ声音《こわね》で、そう呟《つぶや》くのは紅孩児《こうがいじ》だ。

褐色《かっしょく》の肌に、燕脂色《えんじいろ》の長髪。頬に浮かぶ痣《あざ》のような、傷跡のような三筋の紋様は、彼が純血の妖怪であることを示している。紺青《こんじょう》の双眼が、今は刃《やいば》のごとく細められていた。

紅孩児は、無言で地を踏む。歩を進め、荒野の一角へと向かう。

付き従う三つの影。

いずれもが生粋《きっすい》の妖怪である。侠客肌《きょうかくはだ》の男性と名花《めいか》のごとき女性。紅孩児のあとに続く二人《ふたり》の姿はごく自然で、それは主君に対する忠誠の深さの現れだった。もう一人《ひとり》、小動物然とした小娘だけは、小石を蹴ったりして奔放《ほんぽう》な様《さま》を見せている。

だが、それでも重い空気は感じとっているのか、無駄口を叩くことはない。

紅孩児は足を止めた。

視線を下げると、地に突き立った青竜刀《せいりゅうとう》の柄《え》が見える。上等な飾り物が填《は》められた、地位の高い者だけが所持する一品だ。軍団を指揮する者が。

その刀の持ち主を紅孩児は知っていた。

紅孩児は柄《え》を掴《つか》んで、地面から引き抜く。先端が折れている。

月明りを照り返す刃を、眼前にかざした。

「出撃命令もないのに勝手に攻撃しやがって」

そのことを知ったのは数時間前。

数に頼んで三蔵一行を襲うことは無駄に死体を増やすだけと、もはや周知の事実であるのに。ぐるりと辺《あた》りを見回せば、明らかではあるが認めづらい現実が、ある。

「それで、全滅してしまった……」

紅孩児にかかる心の負担をすこしでも軽減するように、女性――八百鼡《やおね》が言葉の続きを受けた。自分の胸に痛みがともなうのは構わない、というように。

好戦的な者が多い妖怪の中にあって、そして配下の者を指揮する立場にあって、尚。

八百戒の仕《つか》えるただ一人《ひとり》の主君は、あまりに心優しすぎるのだ。それゆえに抱える苦悩や傷心を、わずかでも肩代わりできるなら、この命などかけらも惜しくない。

それは、八百戒の胸の奥深くに刻まれた、誓い。慈《いつく》しむ眼差しを、主君に向けて。

――こんなことをする奴じゃなかった。

紅孩児の独白《どくはく》は、誰にも聞かれない程のものだ。

あの者、功に焦《あせ》ったとでもいうのだろうか？　しかし、三蔵一行を足止めする程度の結果にしかならなかったことは明白だ。……悲しさよりも不愉快な感情が先に立つ。

「お兄ちゃん」

紅孩児からすこし離れた場所で、ふいに李厘《りりん》が呼んだ。

その声にふり向く。義理の妹を見る。

「あれ、なんだろ？」

頭の後ろで組んでいた手をほどいて、上空を指差している。ン？　と紅孩児は空を仰《あお》ぐ。

赤い満月。その中心に、影絵のように黒い姿が見えた。

翼を広げた影が。

見る間に大きさを増していく。降下してくる。まっすぐに、紅孩児たちを目指して。

夜風を打ち消し、叩きつけられる叫び声。血に飢えた絶叫。

ぎゅああああああああっっっ!!　聞くだけで呪われてしまいそうな禍々《まがまが》しさを有する。

怪鳥の鳴き声に、紅孩児は目を見張った。

(何《なん》だ？　あれは!?)

「……おいおい、ずいぶんでかいな」

口調だけは余裕を残して、独角兕《どくがくじ》が声を吐いた。それでも、表情を見れば事態の急変に戸惑いを覚えているのは瞭然《りょうぜん》だ。襲来《しゅうらい》される心当たりはない。

だが、何《なに》が起ころうと己の主君は護《まも》るという、険《けわ》しい眼光に揺るぎはない。

狙いは俺たちか？　と確認するように紅孩児は呟《つぶや》く。化物に狙われる理由などわかりはしないが、それは事実のようだった。ならば。

「げげッ！　オイラ、あんな奴のエサになんのやだかんねっ!!」

悪ガキじみた李厘の言い草だが、紅孩児たちの心情を的確に表わしている。

八百鼡が張りつめた声で呼ぶ。

「紅孩児様!!」

【PM8：45】

「すっげ――――っ!!」

朋蘭に案内された「ご主人様のお屋敷」の門前、悟空は上気した顔で、興奮をあらわにしている。目前に立つ正門が、すでに城門と呼んで差しつかえない豪壮《ごうそう》さを誇っていた。

そして、正門の高さをこえて御殿の天守閣《てんしゅかく》がそびえている。夜闇に浮かぶ外観は、光輝《こうき》を放っているようにも見える。最上質の建材や数多の装飾品が贅沢《ぜいたく》につぎ込まれているのだ。金殿玉楼《きんでんぎょくろう》、と形容するに相応《ふさわ》しい建物であった。

どのような貴人《きじん》が住まうのか、想像もつかない。一地方の領主には過ぎた代物だ。

「でっけ――――っ!!」

悟空が言い放つ感想は、あまりにシンプルで思考の単純さを暴《あば》くもの。しかし、それを皮肉る声は発せられない。三蔵たちの所感《しょかん》も、悟空と似たものであるのかもしれない。

「…………」

三蔵は、目前の景観をどこか怪訝《けげん》そうに眺めている。

何《なに》かが気にかかっているように見える。ふと御殿を見上げる視線をそらし、三蔵の横顔を伺《うかが》った悟空は、？　と首をかしげた。三蔵の眼差しが、まるで敵と相対《あいたい》したときのように、細められているからだ。

なんで？　当然、悟空にはわからない。

わからないことは聞くしかない。

「なー、さんぞ」

う、と最後まで呼ぶ前に、頑《がん》っと障壁《バリア》を張られた。対話を拒絶する意志の壁を。話しかけるなバカ猿、といわんばかりだ。理不尽《りふじん》だ。

……むっかー、である。

気にした自分が確かにバカだったと思う。

なにを考えてるかは知らないけど！

「皆さんっ」

正門の端、少人数の通行用の戸口に立って、朋蘭が呼ぶ。

「こちらです。ご主人様も、きっと喜んでくださると思いますから。どうぞ」

「あ、おっけーッ。やったね！　メシメシーっ!!」

三蔵のことはひとまず、置いて。

空腹で胃袋が暴れているのも極めて事実だった。宥《なだ》めてやらないといけない。

……三蔵も腹減って苛々してんのかも、と悟空は「悟空基準」で考える。ならば、やはりまず食事だ。なによりも、まず。

悟空は、尻尾《しっぽ》があれば千切《ちぎ》れんばかりに振っているだろう様子で駈けだす。

「意地きたねぇ真似すんなよ、バカ猿」

悟浄が忠告の言葉を向けた。猿ってゆうな猿って!! と条件反射で言い返す。

朋蘭のもとまで駈けより腕を取った。「早く行こーぜっ」と急《せ》かす。初対面でありながら無防備に懐《ふところ》に飛び込んでくる悟空に、朋蘭は若干《じゃっかん》戸惑《とまど》いを覚えているようだ。急《せ》かされるまま、通用口をくぐって行く。

悟浄は、頭をがりがりと掻《か》いて、二人《ふたり》のあとに続いた。

空腹の野生猿にはまともに関わるなと、朋蘭に教えたほうがいいだろうか。

いや、そんなことをすれば、それこそ悟浄が飢えた悟空《サル》に噛《か》みつかれかねない。

(…………アホらし)

とりあえず悟浄も、己の欲求を満たすことだけ考えることにした。

その悟浄について通用口へと歩きだした八戒が、ふと足を止めてふり返る。

視線の先には、佇《たたず》んだまま歩きだそうとしない三蔵の姿。

——気になることとでも?

「三蔵」

呼びかけると、上向けていた顔を下ろしてこちらを見据《みす》えてくる。

(——?)

三蔵は険《けわ》しい表情をしている訳ではない。

思考の読めない、感情の見えない、いつもの無愛想《ぶあいそう》だ。

なのだが、八戒は、その様子に引っかかりを覚えた。

深い紫暗の眼差しに、なにか――、鋭利な意志を装填《そうてん》しているように感じた。

昇霊銃《しょうれいじゅう》は懐《ふところ》にしまわれ両手は空いているのに。引金に指が掛かっていて今にも発砲しそうな、物騒な空気をまとっている。……と、そんな感じが、する。

「どうかしましたか？」

平静を保って訊《き》く。

八戒の肩の上で、ジープから姿を変えた白竜《はくりゅう》が人懐《ひとなつ》こく「キュウ？」と鳴いた。

「いや……」

三蔵の声は、やはり感情を覗《のぞ》かせない淡然《たんぜん》としたもの。すべてを伏して語るつもりのない面差しのまま、歩きだす。内心を計るような八戒の深緑の瞳と、あどけなく見つめてくる白竜の両眼を、三蔵はただ受け流して通りすぎる。

「なんでもない」

突き放すがごとくの言葉。

八戒はわずかに肩をすくめる。

遠ざかる背中を眺め、追求しても無駄だと悟る。

――仕方ないですね、と小さく息を吐いて、三蔵の後に続いた。

（天に月は無く、

しかし地には月光が降っていた）

【ＰＭ８：50】

斬《ざん》っ!!

独角兕の青竜刀《せいりゅうとう》が、怪鳥の翼を切り裂いた。

翼の断片が、地面に落ちる。と、それは次の瞬間、何《なん》の変哲もない土塊《つちくれ》になった。

荒野を吹きすさぶ風に、細かく崩れ、砂塵と化して散っていく。

「なんだと!?」

その様《さま》に独角兕は驚愕《きょうがく》を隠せない。

「李厘ちゃんパ――――ンチ!!」

低空でバランスを崩した怪鳥めがけ、李厘が跳躍する。勢いだけで命名した、自己流の必殺拳を胴体に見舞う。戯《ふざ》けた技名だが、威力は一級品だ。どごんっ!!　という炸裂音とともに、李厘の拳《こぶし》は怪鳥の肉を大きく抉《えぐ》りとった。深い損傷を与えた、はずだ。

怪鳥の肉片は、地に落ちる前に土塊《つちくれ》に変じ、夜風の中に散っていく。

「紅孩児様！　あれはっ!!」

「ああ、……わかっている」

八百粁の声に、紅孩児は確信をもって答える。

怪鳥は、切り裂かれた翼も、抉《えぐ》られた胴体も数瞬で自己復元して、再び高空へと舞い上がった。戦いに歓喜する鳴き声をあげる。地を這《は》うことしかできない者たちを嘲笑《あざわら》うかのごとく、悠然と旋回《せんかい》している。

翼を広げた長大な影が満月の下をよぎる度、地上には濃い闇が差した。

見上げる紅孩児は、怪鳥の無気味な凶眼《きょうがん》と目が合ったと感じた。表情のない怪鳥の醜面《しゅうめん》にニタリと笑みが浮いたように見えた。貪欲《どんよく》な、狂的《きょうてき》な、飢えに支配された眼光が、紅孩児の全身に絡《から》みつく。

獲物を定めたとばかりに雄叫《おたけ》びじみた鳴き声をあげ、怪鳥が急降下してくる。

間違いない。

――あれは。

自分が狙われているとわかりながら、紅孩児の表情に恐れの色はない。

射貫《いぬ》く視線で、怪鳥を見返している。

「あれは式神だ……!!」

巨大な嘴《くちばし》に捕えられる寸前、紅孩児は真横に飛んで躱《かわ》した。

間近を過ぎる巨体。殴りつけるような暴風に、宙にある体勢が崩れる。

（相手が式神ならば、通常の攻撃では倒せん）

単発の攻撃は無意味。復元して無傷の状態に戻られるのがオチだ。

手は一つだけ――。

「紅《こう》っ！」

背中から地面に墜《お》ちるかと半《なか》ば覚悟を決めた紅孩児を、独角兕が受けとめた。

「ッたく、コノヤロー。うちの主君は無茶が好きで困るぜ!!」

「一撃で奴の全身を破壊するぞ」

視線を交わすだけで感謝の言葉は口にせず、方策だけを伝える。それで充分だった。

独角兕にも異論はない。紅孩児は薬師《くすし》に指示を飛ばす。

「八百鼡！」

「はいっ」

「奴の動きを止めろッ」

主君の声と同時に、八百鼡は爆薬を放っている。

怪鳥に着弾《ちゃくだん》し、派手に炸裂する。それで倒せる訳ではない。空中の一点に、敵を足留めできればよいのだ。

独角兕の腕から離れ、紅孩児はすでに呪文《じゅもん》を唱え始めていた。

高まる霊力が烈風《れっぷう》となって紅孩児を包む。

……召喚魔《しょうかんま》。

暗黒の淵より、凶大な魔物を招く。

門を開く。

ぎゅあああああああああっっっ!! 八百单の爆撃で自在な飛翔を封じられた怪鳥が、憤《ふん》怒《ぬ》の叫びをあげる。八百单は、攻撃の手を緩《ゆる》めない。……あと少し。

それで終わる。

「開《かい》!」

呪文《じゅもん》の仕上げに、紅孩児が大きく腕を振った。

腕から赤熱《せきねつ》する霊気の炎が吹き上げる。大気が震える。

——出《い》でよ。

「炎獄鬼《えんごくき》!!」

…………………。

「で、結局なんだったんだ？　こいつは」

独角兕が、まだ形の残る土の巨塊を蹴りつけ、吐き捨てた。怪鳥、式神の残骸《ざんがい》だ。

そう問われても、紅孩児は口を開かない。式神……、何者《なにもの》かが術を用いて造り出した、仮初《かりそめ》の生命体。何者《なにもの》かが。問題はそこだった。

巨塊に命を吹き込むことは、多大な霊力を必要とする。

少なくとも紅孩児が知る者の中に、あれほどの式神を生むことのできる術者はいない。

「……ン？」

ふと、紅孩児は周囲に散乱する土塊《つちくれ》の一点に、視線を定めた。

険《けわ》しい足取りで、歩み寄っていく。慌《あわ》てた様子で、八百鼡がつき従う。

荒れた地の上、握り拳ほどの土塊《つちくれ》が転がっている。紅孩児は、拾い上げた。

土塊《つちくれ》から、先の尖《とが》った紙片が覗《のぞ》いている。紅孩児がわずかに力を込めるだけで、土塊《つちくれ》は粉々に崩れ、風に散った。手の中に残るのは、折られた紙片のみ。

太陽の色彩にも似た、鮮やかな橙《だいだい》の色紙。

その、折り紙でつくられた、紙飛行機。

「紅孩児様、それは？」

「おそらく式神本体の咒符《じゅふ》……。しかし」

言葉を切って、紙飛行機を広げた。

なになにーっ？　と駈け寄ってきた李厘が、紅孩児の手元を覗《のぞ》き込む。両脇に立つ八百鼡と独角兕も、同じように目線を落とした。

折り目のついた折り紙。橙色《だいだいいろ》の裏、白紙の側のちょうど中央に。

――幾つかの梵字《ぼんじ》。

荒れた筆致で走り書きされた文字群を直視し、紅孩児は忌《いま》わしげに呟《つぶや》く。

「何《なん》の呪《まじな》いだ、これは……？」

【ＰＭ９：10】

御殿の大広間に案内された。

ここが食堂らしい。三蔵《さんぞう》たち四人と朋蘭《ほうらん》だけの貸し切り状態。

白亜の壁には紗《しゃ》の幕が掛かり、玻璃《はり》の窓を覆《おお》っている。朱塗りの柱が並ぶ。四方を見渡せば、どこを向いても金銀玉《きんぎんぎょく》の豪奢《ごうしゃ》な装飾品に彩《いろど》られていた。贅沢《ぜいたく》なことだ。

八戒《はっかい》は朋蘭の勧めに従って、長テーブルについた。

隣席には三蔵。向いに悟空《ごくう》と悟浄《ごじょう》。いつも自然とこうなる。

テーブルには絢爛《けんらん》な料理の数々が、大小無数の皿に盛られている。

「おお――っ!! すっげえ、うまそう!! ちょーウマそうじゃん!!」

高揚した悟空の頭から、すでに食事と関係のない語彙《ごい》は抜け落ちていた。今、悟空の頭に収められている辞書は、随分薄いものでしょうねと八戒は推測する。そこに行儀作法《ぎょうぎさほう》の項を書き加えたい気もするが、徒労に終わることは容易に想像がついた。

マナーをきっちり守って食事する悟空の図、というのも不自然だ。

意識の端で、そんな悟空の姿を思い描いてしまって、八戒は軽く笑みをもらした。

三蔵が目線を向けてくる。何《なに》ニヤついてんだ? と表情が語っている。

いえ別に、と八戒も声に出さず口の動きだけで返す。

見れば、三蔵の手元には麦酒《ビール》の缶がずらり。あまり腹は減っていないらしい。

「いっただっきま――、ぶっ!?」

豪華料理の海に飛び込もうと身構えた悟空を、醒《さ》めた顔の悟浄が平手で突き倒した。真横に。速くも鋭くもない一発に、成すすべなく悟空は椅子から転げ落ちる。戦闘時からは考えられない視野の狭さ、死角の多さだ。

跳ね起きる反射速度だけは天下一品で、

「ッにすんだよっ！　てめェ!!」

「がっついて食うなって言ってんだろ？　この猿！」

「えっらそーに！　そっちこそ何だよ、その皿!!」

悟空が指さす悟浄の前には、きっちり自分の取り分を確保した皿が並んでいた。

だが、悟浄はどこ吹く風と指摘を受け流す。ガキを見下す大人な態度、で。

「俺等《おれら》はいーんだよ。さんざ働いた後だからな」

言外に、怪鳥との戦闘において空腹で役に立たなかった悟空を追い立てる。

「ウソつけ！　悟浄、朋蘭にデレデレしてただけじゃんか!!」

投げつけられた皮肉の言葉を勘だけで打ち返す悟空。だが、それは痛いところを突いた。

『ッ！』と、わずかに生まれた隙を逃さず、悟空は手を伸ばして悟浄の皿をかっ攫《さら》う。

海老《えび》のチリソース煮込み。出来立てでまだ湯気《ゆげ》が上っている。

掌《てのひら》からはみ出そうな大ぶりの海老《えび》を、尾を摘《つま》んで口中に放り込んだ。

「いっただき!!」

「ンの……ッ!!　テメ殺すぞ！　クソバカ猿――!!」

「お――!!　うめェ！　これマジうめェ!!」

椅子に片足を掛け、悟空はエビチリの皿をお宝のごとく掲《かか》げている。勝者の顔だ。

（……んーー……）

干しアワビの甘煮《あまに》を箸《はし》で口に運んで、八戒はどつき漫才じみた二人《ふたり》の攻防を観覧《かんらん》してい

た。見れば八戒の前にはアワビだけでなく、フカ鰭《ひれ》のスープ、燕《つばめ》ノ巣《す》のデザートなど高級

メニューが集まっている。

（これは、なかなか良《い》い仕事してますね）

滋味《じみ》を味わいながら、八戒はテーブルから少し離れて立っている朋蘭を、横目で伺《うかが》う。

台風然と食卓を荒らす悟空と悟浄に、朋蘭は気分を害した様子なく、玲《たま》のごとき頬笑《ほほえ》み

を浮かべていた。盆を胸に抱え、愉《たの》しげだ。

八戒は視線をさらに動かし、隣席《りんせき》の三蔵を見る。常であれば、すでに手の中に昇霊銃《しょうれいじゅう》が

収められていても不思議はない。なのに、三蔵はただ黙然《もくねん》と缶を傾けている。

「――？」

その様に八戒は違和感を覚える。気にするほどではないかもしれない、小さな予兆が胸

のうちに生まれる。伏されている三蔵の意志が、八戒にも伝播《でんぱ》したように。

三蔵だけが、何《なに》かを捉《とら》えている？

「おい」

どこか不穏な響きのする声音《こわね》で、三蔵が朋蘭を呼んだ。

不意討ちを受けたように朋蘭が、はっとふり向いた。三蔵の眼差しに晒《さら》され、心なしか盆を掴《つか》む指に力が入ったようにも見える。表情はあくまで穏やか、だが。

「はい……？」

「主《あるじ》がまだ現れないようだが――」

尋ねる三蔵の口調に鋭さは込められていない。

「はい……、その……」

ちり、と朋蘭の面に苦渋がよぎったのを八戒は見逃さなかった。

「今夜は気分がすぐれないそうで」

「病気なんですか？」

「ええ、申し訳ありません……」

回答を誘導するように言った八戒の言葉に、朋蘭はまっすぐ頷《うなず》く。

八戒は箸《はし》を置く。何気《なにげ》なく、心安く会話を持ちかける。『裏の見えない』笑みを湛《たた》えて、

「ここには何人《なんにん》くらい、お住まいなんですか」

「え？」

「だって、これだけ広い邸宅ですから。きっとすごい人数なんでしょうね」

隣席《りんせき》を見ずとも、三蔵も朋蘭に気を払っているのが感じられた。

「ええ、あの、確かに先代までは、何百人《なんびゃくにん》も従者を召し仕えていた大豪族だったらしいですけど。今はご主人様と、わたしだけなんです」

八戒はテーブルに並ぶ満漢全席《まんかんぜんせき》も顔負けの料理を見た。曖昧《あいまい》だった疑念の輪郭《りんかく》が確かなものになっていく。朋蘭に確認をとる。

「それじゃあ、この料理全部——」

「はい、わたしが作りました。……あの、お口に合いませんでしたか？」

「そんなことありません。とても美味《おい》しいですよ」

不安げな表情をする朋蘭に、八戒は笑いかけた。

味なら向いで先を争って皿に手を伸ばす悟空と悟浄が、保証している。身を持って。

二人《ふたり》は「分け合う」という美徳をまず共犯で抹殺し、その後、仲違《なかたが》いして抗争に至っているようだった。団欒《だんらん》という言葉からこれほど程遠い食事風景も珍しい。初見《しょけん》でありながら、飲まれることのない朋蘭は、意外と芯が太いのかもしれない。

「ただ——」

と、八戒は再び箸《はし》を取り、啄《ついば》むように料理に伸ばした。

気のない面持《おもも》ちで、言葉を重ねる。ちらと朋蘭を見れば、一瞬、視線が交差した。

「随分早業《はやわざ》だなあと思って」

彼女の瞳に浮かぶ色の、真意までは読み取れない。

「ええ。ありがとうございます」

感想を述べる八戒の意図に気づかないのか、気づかぬふりをしているのか、朋蘭は造花のような明るい笑みで一礼する。若干《じゃっかん》の硬質さを感じさせる空気をまとって。

あっ、と自分の失態に思い至った所作で、盆を抱え直した。

「お酒の追加、お持ちしますね」

「あ、はい。すいません」

広間から出ていく朋蘭を見送って、八戒は思うところのある顔を三蔵に向けた。

三蔵は缶の飲口《のみくち》を口許《くちもと》に触れさせて、じっと朋蘭が去った方を見遣《みや》っていた。わずかに細められた眼差しは、深い闇を暴こうとしているような印象を受ける。

何《なに》を見ている？　……三蔵が見ているのは朋蘭では、ない。

八戒は直感でそう思った。理由はない。自分の中の、危険を察知する第六感はまだ騒ぎだしていなかった。少なくとも朋蘭には。だとすれば、しかし――――。

と。沈む思考に割り込んでくる啖呵《たんか》の応酬。

「ッこの、エロエロ河童《がっぱ》!!」

「ンだよ、喚《わめ》くなって。ガキ」

「この皿に乗ったヤツは手ぇだすなって約束だろ!!」

「ばーか。約束は破られる為にあんのよ？　隙を見せたサルが悪《わり》ーの」

「んじゃ俺だってもう遠慮しねーかんな!!　悟浄の皿、ゼンブ食ってやる!!」

「やれるもんならやってみな。——バカ猿」

「バカ猿ゆーなっっっ!!」

「一個じゃ足りねーか？　バカバカバカバカバカバカ猿ちゃん♡」

「!!　てっ、てめェ！　マジむかつ——」

「問題、何回《なんかい》バカって言った？」

「えっ？　……えーっと、」

「ブー、時間切れ」

「あ——っっ!!」

「お、うまいなコレ。サルは体力付ける前に知恵つけろよォ、ってな♪」

「ぜってーブッ飛ばす!!　出せっ、返せ!!」

「なに？　口移ししてほしーのか？　いやーんハレンチ」

「ち、違《ちげ》ーよッ!!」

「悪《わり》ーけど、野郎にゃお断《ことわ》り」

「だぁからっ！」

「きゃー、押し倒されるー」

「三蔵、近くて大きくて射的の的には簡単すぎですけど、どうぞ。景品は奮発しますよ」

「……そうか」

三蔵は、昇霊銃《しょうれいじゅう》の撃鉄を起こして、

2章

MIDNIGHT

穏やかな風に揺れる湖面が、幾重《いくえ》にも波紋を描いている。

【PM9：45】

御殿の奥には澄んだ静水《せいすい》を湛《たた》えた湖が広がっていた。群生する蓮《はす》が、あちこちに浮いている。水の透明度はかなり高いが、覗《のぞ》き込んでも底は見えない。三蔵たちは御殿の裏手から外の回廊へと出ていた。

右手には天を貫くかの岩山が望める。中腹に見えるのは何《なに》かの社《やしろ》か。

湖面に敷かれた水上回廊は、山側へ分岐する支道《しどう》を除けば「中」の字に似た造りをしている。下端が御殿へと通じ、上端に設けられた亭《あずまや》は厠《かわや》であるらしい。縦軸である主回廊を抜いた「口」の四隅《よすみ》に浮島のごとき庭園があった。

各々《おのおの》に来客用の離れが建っている。

「——皆さん、お好きな離れをどうぞお使いください」

朋蘭の円《まろ》やかな声が、夜気《やき》に吸い込まれていく。

御殿からまっすぐ伸びる主回廊の中程、半円形の反《そ》り橋《ばし》の頂《いただき》から悟空は身を乗りだした。

手摺《てすり》に掴《つか》まり、遠くまでを見晴らす仕草《しぐさ》をする。ふと顔の向きを定め、回廊の一隅《ひとすみ》を指さした。旅行に浮かれる子供然とした、はしゃぎ気味の声を上げる。

「じゃあ、あそこっ。三蔵、俺、あそこがいい！」

「勝手にしろ」

三蔵の返事はにべもない。

部屋割りになど興味はないと表情で語っている。どうせ一夜の仮宿だ。騒がしくなければいい。それ以上は望まない。穏やかな酔いから来る、眩暈《めまい》にも似た睡気《すいけ》の中で三蔵は考える。この俺の眠りを妨《さまた》げる奴は殺す――。

三蔵の視界の端、朋蘭の肩に腕をかけ悟浄が口説いている。慣れた様子の悟浄に、困惑しているかの朋蘭。頬に朱《しゅ》が差している。悟浄はさらに顔を近づけて。

「じゃあさ、あんたが寝るのはどの部屋なの？」

ウルセエ。

いきなり前置きなしで蹴りつけた。悟浄の背中を。容赦なく。

不格好《ぶかっこう》に前のめる悟浄。

「……っとと！」

「ゴキブリ野郎が人に盛《さか》っててんじゃねえよ」

視界の外から八戒の苦笑が聴こえる。結果的に悟浄の腕から逃れたかたちで、朋蘭が立ち姿を正した。三蔵に向き直る。湖面のように両の瞳が三蔵を映している。

この女は、と三蔵は思う。

朋蘭は丁重な所作で頭を下げる。

「本当に今日はありがとうございました。三蔵法師様」

(この女は、敵か?)

若干《じゃっかん》強まった夜風が三蔵の髪と額を撫《な》でた。

冷気を含んで三蔵の軽い酩酊《めいてい》を、すっと醒《さ》ます。

「——ああ」

遅れ気味に返答を口にした。

八戒が悟浄に話しかけている。離れの部屋割りの相談をしているようだ。

泊まる離れを決めて、悟浄が朋蘭に手を振り歩きだした。んじゃ、また後で、と誘う声を投げて。手摺《てすり》の前で小さな欠伸《あくび》をもらしている悟空の背中を、どやすように叩いた。乱暴な口調で、悟空を連れ立つ。

「おら、行くぞ。サル」

「なんだよッ。……ったく」

眠気《ねむけ》に捕われているのか、悟空のテンションは低調だ。それでも、小型動物を扱うように首の後ろを掴《つか》んでくる悟浄の手は振り払って、二人《ふたり》は並んで歩いていく。八戒は落ち着いた笑みで、それを見送った。

肩に留まる白竜《はくりゅう》に話しかける。

「じゃあ、僕らも休みましょうか。白竜」

素直な「キュ～」という鳴き声が返ってくる。白い翼にそっと手を触れて、八戒は三蔵に会釈《えしゃく》し歩きだした。先程の八戒と悟浄の会話は、三蔵の耳にも届いていたので、三蔵は自分の泊まる離れへ向けて踵《きびす》を返す。

楚々《そそ》と佇《たたず》んでいる朋蘭の前を、黙然《もくねん》と通り過ぎた。

「お休みなさいませ、三蔵法師様——」

深く頭《こうべ》を垂《た》れて、朋蘭が就寝の挨拶《あいさつ》を口にする。

三蔵は無言を保つ。前方へと目線を向けたままなので、朋蘭の姿はすぐに視界から外れる。三蔵の後方へと。だが、気配《けはい》ははっきりとしていた。礼の姿勢から上体を起こす、その動作までも読み取れた。酩酊《めいてい》から醒《さ》めた反動で、感覚が磨《と》ぎ澄まされているようだった。

視線を感じる。

朋蘭の眼差しが、三蔵の背中に強く、剣呑《けんのん》に、注《そそ》がれている。

そこに込められている意志は何《なん》だ？

「フン――」

ふり向くことはせず、三蔵はただ不愉快げに息をつく。歩みを止めることはない。

湖面を揺らす風が蓮《はす》の花弁《はなびら》を数枚、散らせた。それらが宙に踊る様を三蔵は視界に捉《とら》えている。夜闇《よやみ》に舞う、白の花片《かへん》を。

冴々《さえざえ》と冷えた精神が、脳裏《のうり》の奥に刃《やいば》のように鋭く在《あ》った。

「……何《なに》を企んでやがる」

低く零《こぼ》れた呟《つぶや》きは、意外なほど感情の色を覗《のぞ》かせない。

ただ、憮然《ぶぜん》と――――。

【PM10：00】

ベッドの脇の洋灯《ランプ》の覆《おお》いを片手で外す。

仄《ほの》かなロウソクの炎に、煙草をくわえた顔を寄せた。先端を炎に触れさせ、火をつけた。

屈めた上体を起こして、そのまま一服吸う。銘柄《めいがら》特有の、濃くて安っぽい味。

立ち上る紫煙。悟浄は値踏みするように、離れの室内をぐるりと見回す。

（へー、結構いいんじゃねぇの？）

家具や調度品の数々。色使いなど趣向は凝らしてあっても華美《かび》には過ぎない、ぎりぎりの調和を保っている。ここで生活しろと言われれば流石《さすが》に一週間で気疲れするだろうが、一晩泊まる分には文句のつけようもなかった。

上宿《じょうやど》に無料《タダ》で泊まれると考えれば悪い気がするはずもない。飯も酒も旨《うま》かった。加えて女も上等となれば、言うことはなしで。

——朋蘭、ね。女性の名を胸のうちで呟《つぶや》く。

彼女が、ハイグレードな美人であるのは、大方《おおかた》のものが認めるところだろう。色気より断然、完璧、絶対に食い気が優先される悟空などは、興味がないだろうが。

けどな、とも悟浄は思う。

美人に対する礼儀として誘いを向けてはみたが、朋蘭には何か、……そう、翳《かげ》のようなものが付きまとっていた。こちらの記憶の芯に訴えかけてくる、匂いのようなものが。

奇妙な血のざわつきを覚えた。会話しているだけで。

理由のない。不快ともつかない、古傷にそっと指を這《は》わせられる感覚が、した。

虫の声が、窓の外から細く届いている。それ以外に物音はしていない。規則的に繰り返す悟浄の呼吸だけが、室内の空気にかすかなゆらぎを生んでいた。静かだ。

煙草をはさんだ指で耳元を掻《か》けば、ジジ……ッ、と巻紙の焦げる音が聞こえる。

「……っと」

投げやりに息を吐いて、悟浄はベッドに腰をついた。

柔らかすぎない感触が悟浄の体重を受けとめる。片手を口許《くちもと》へ持ち上げ煙草をくわえた。反対の手をベッドについて、上体を支えた。かすかな軋《きし》みが立った。

ゆるやかに細く上る紫煙を、悟浄は気のない表情のまま目で追う。

室内は静まり返っている。自然、気が緩《ゆる》んでいくのが、自覚できた。

普段、どれほど騒がしい連中と共にいるのか、逆に思い知る。個室に泊まることは、なかなかないものだった。笑顔が素敵な毒舌野郎も、横暴窮《きわ》まりない鬼畜坊主《きちくぼうず》も、食欲の権化である単細胞猿も、ここにはいない。

いつも当たり前のように身近にあるものが、今はない。

リラックスの理由はそれだろうと確信する。いなければ寂しいもの、などと思うわけがなかった。ごくシンプルに『楽でいい』と片づける……。

背中をベッドへと落とし、天井を見上げ、煙草をくわえたまま口の端から煙を吐く。

耳を澄ませば湖面の細波《さざなみ》の音さえも聞こえてきそうな静寂《せいじゃく》だ。

「……たまには、こーゆーのも悪くねぇわな」

ぼんやり独白《どくはく》して、シャワーでも浴びるかと考えた。

【PM10：00】

同時刻、別の離れ――。

寝室に踏み込むなり、弾《はじ》かれたように悟空はベッドに向かって突進する。

瞳に浮かんでいる喜色の光。

食事も済んで燃料補給は完璧。

先程までの眠気《ねむけ》も何処《どこ》へ、逆に体力が有り余っているかの勢いだ。ベッドの手前、まだ幾分離れているところで踏み切る。跳躍。そして、飛込み。

見るからに高級そうな、上物そうなベッドの、その中央に向けて。

「すっげ――――ッ!!」

ぼすんっ、と競技であれば高得点は確実な姿勢で、背面から着地。体が沈み込む、心地よい感触を味わう。抱きとめられるような、柔らかさ。

くすぐったくなる。から。

「ふっかふか――――ッ!!」

笑い混じりに自然と声が上がる。

ごろごろと転がり回る。シーツが体にまとわりつく。

不自由さを覚えて、身体に絡《から》みついたシーツを蹴りのける。滑《なめ》らかな絹の感触に、手足をばたつかせた。騒ぐなバカ猿！　とハリセンを飛ばす人物がいないことが、悟空に歯止めを利《き》かなくさせていた。

訳もなく愉《たの》しい。

「お――――っ」

羽毛がたっぷり詰まった枕に、ばふ、と顔を埋《う》める。

鼻を押しつける。枕からいい匂いがした。……花の香り？

寝返りを打って、悟空は天井を見上げた。はーっ、と息を吐く。

深呼吸。

飯《めし》、うまかったな、とぽつり呟《つぶや》いてみる。

悟空の中で朋蘭は、好《い》い人ランキングのかなり上位に位置されていた。うまい飯《めし》を食わせてくれる者に、悪い者はいない。これは悟空の知る数少ない絶対的真実のひとつだ。

ベッドの脇で、洋灯《ランプ》が覆い越しに柔らかな明かりを投げかけていた。

すっと手を上へ伸ばせば、明かりを受けて壁に影が映る。覆《おお》いの内側で、ロウソクの炎が踊るたびに、わずかではあるが影も揺れた。

（あ、そーだ）

指を動かして、でたらめに影絵を作ってみる。長安《ちょうあん》の寺院で暮らしていた頃、悟空を厭《いと》わないでくれた僧から、幾つか教わったはずなのだが覚えていなかった。

壁に浮かぶのは、正体不明のうごめく物体でしかない。

両手の指を組み合わせ、絡《から》め合わせてしばし悪戦苦闘する。

「？」が頭の回りで、飛び交う。

ムカツク。

うまくいかない。

苛々《いらいら》する。

たかが影絵、されど影絵だ。頭の中には、立派な完成図があるのにそれを描けない。

過程が思いだせない。むかつく。

ナメられているようだ。何《なに》に？　わからないけど。

自分ののーみそに、だとか？

ん？　それってどーゆーこと？

自分で自分をバカにしているっていうのか？　まさか！　そんなことはしない。

だったら、なんだ？　やっぱり誰かが笑ってるのか？

どこで？　誰が？　誰を？　……あれ？

てゆーか、何《なに》にムカついてたんだっけ？

あれ、あれ？

ぐるぐると思考は螺旋《らせん》を描いて落ちていく。深みへ。

辿《たど》られる記憶。迷走する回想。滅裂《めつれつ》に浮かぶ心象。

一人遊《ひとりあそ》び。……長安《ちょうあん》で暮らしていた頃は一人《ひとり》で過ごす時間も多かった。

三蔵が公務で忙しいのも、よくあったことで。

一人《ひとり》で時間をつぶす、遊んで過ごすことが上手になった。それはそれで楽しかったし、あそこの人間はヤな感じの奴が多かったけれど、人に限らなければ友達も一杯いた。

公務で遅くなる三蔵を待てずに、先に寝てしまうことも珍しくなかった。

全然平気だった。

醒《さ》めない悪夢のような、久遠《くおん》の微睡《まどろ》みにも似た、長い、永い、あの孤独と共にあった日々と比べれば。石牢の中の時間が停滞していたような感覚と比べれば。

翌日、目覚めれば三蔵がいることがわかっているのだから。

「……ん——……」

そうこうするうちに、足下《あしもと》から眠気《ねむけ》が忍び寄ってきた。

自分がなにをしていたのか、なにを考えていたのか、それもぼやけていた。

ただ、瞼《まぶた》が重くなっていて。力の抜けた両腕がベッドに落ちて。

食うことと同じくらい、寝ることも好きかもしれない、とそんなことを考えて。

波に飲まれて海底深くに沈んでいくように、悟空の意識は、眠りの中へと落ちていく。

墜《お》ちていく。薄れゆく意識の裏側、ちらちらと金の色彩が揺れている。

瞼《まぶた》が完全に閉じる寸前、自分でも聞きとれない程の呟《つぶや》きがもれた。

「――――」

暗転する。

【PM10：00】

同時刻、別の離れ――。

からん、と昇霊銃《しょうれいじゅう》のシリンダーを回転させた。

空になっているそこに、順に弾丸を填《は》め込《こ》んでいく。

迷いのない手つき。目を瞑《つぶ》っていても、誤ることのない正確さで。

延《の》べにすれば何発目《なんぱつめ》になるのか三蔵は当然知りもしない。ただ数え切れないほど、多くの。

敵を殺してきた、とだけが知っていること。ひとつの事実として。

法衣《ほうえ》の上着を腰に下ろした黒の薄着姿で、三蔵はベッドに腰掛けている。

弾丸を装填《そうてん》していく、その眼差しには何《なん》の感慨も浮かんでいない。

補充の作業はすぐに終わる。三蔵は顔を上げ、開け放っている窓に向いた。

音のない湖面に月明りが揺れている。

夜半の水月。であれば、風情もよいもののはずだったが。

三蔵は、不遜《ふそん》な眼差しで一瞥《いちべつ》する。それ以上は特になにも覚えなかった様子で、顔を背け、愛銃を枕元に放《ほう》った。床に下ろしていた両足の、片側方持ち上げベッドにつく。

片膝を立てて、そこに腕を乗せた。

わずかに頭を傾ける。金の髪が、剥《む》き出しの二の腕に触れる。

窓から吹き込んでくる夜風が、洋灯《ランプ》の覆《おお》いを揺らし小さな音を立てた。

三蔵は意識を閉ざしているように、身じろぎひとつしない。寝室の入り口へと向けられた両の眼は、遠くを見ているかのごとくで。

侵《おか》しがたい静けさを湛《たた》えている。

嵐の前の？――――、と三蔵をよく知るものなら言うだろうか。

結構な量の麦酒《ビール》を呑んでいたが、脳裏は明晰《めいせき》に冴えていた。悪くない。自身の内側にある、意識の野がひやりと凍えているのを感じる。この御殿を訪れてからだ。

現世と切り離されたような、空気の質の違いを肌で感じていた。

錯覚かもしれない。状況が示す異変のひとつひとつを整理して解するうちに、ここが異郷であると感じているだけだけ、なのかもしれなかった。

だが、理由はどうでもいい。

ここが何重《なんじゅう》にも仕掛けられた罠の中心であろうと、敵陣のまさに最中であろうと。

悪くない。

しん、という無音が耳に響くような、静謐《せいひつ》は。

秘せられた殺意、あるいは穏やかな狂気にも似ていて。

眠気《ねむけ》を誘うような、鈍い痛みが頭蓋《ずがい》の奥に居座っている。

……静かだ。それだけでいい。呪われているのだとしても、構ワナイ。

(酔ってるのかもしれんな)

邪魔スル奴ハ殺ス――。

【PM10:00】

同時刻、別の離れ。

ベッドの上で心地よさげに白竜が翼を休めている。

背を優しく撫《な》でるたびに、うれしそうに目を細める。

「今日はお疲れさまでした、白竜」

労《ねぎら》いの言葉をかけて、ベッドに座ったまま八戒も背を伸ばした。背筋で関節が鳴る。

疲れた、というのであれば一日中ハンドルを握っていた八戒も然《しか》りだった。無論、音《ね》を上げるほどではないし、無茶な運転に付き合わされた白竜とは比べるべくもないが。

単眼鏡《モノクル》を外した右目に、そっと触れてみる。補正されねば、ほとんど視力の効かない右目は、左目に大きな負担を強《し》いる要因だ。それが疲れを生んでいることも事実だった。

自ら傷つけた右目。失われた光。

バカなことをした、とは思う。

けれど、そのおかげで知ったこともあるから。だから不満はかけらもなかった。

足りないくらいだ。

本当の意味で、この身から失われたものを思えば。

(なんだろう、この感じ)

どこかで。

……粗ついた雑音《ノイズ》が鳴っている。奇妙に胸を騒がせる波長があった。嫌な予感めいた、記憶の奥を素手で弄《まさぐ》られるような感覚、が。

己の意識の端で、鳴っている。

いつから？　自問して、答えを手繰《たぐ》り寄せようとする。

御殿に着いてからだろうか。いや、そのかすかな細波《さざなみ》はもっと前から、自覚できる範囲の外で起きていたはずだ。確かに、気になる点なら幾つかあった。

怪鳥、朋蘭、そして彼女の主《あるじ》。

だが、直接的な危険は感じていない。それは、今でも変わらない。

だから、他の三人と同じように、強くは気にせずいたのだが。それでいいのだろうか。

この違和感。

「キュ～？」と、白竜が見上げてきた。

なんでもありませんよ、と八戒は笑いかける。

気にしないでいよう、と考えた。何かが起こるのなら、何かが起こってから対処すればいい。自分たちがこれまで貫いてきたやり方だ。例えば世界が滅んでしまうなら、世界が滅んでから、その後でさてこれからどうするか考える。そういうふうに。

「ほら、白竜。湖がきれいですよ」

白竜から視線を外し、開いた窓の方を見遣る。

見るだけで心が洗われるような澄んだ光景だった。

揺れる湖面に降る月明りが、縦に細く伸びて、光の道筋のように映《は》えている。

湖と月、というのは景観として相性もいい。どちらも人の内面を映す鏡のように、見る者の心理によって印象を変えると思う。風流という言葉から程遠い自分たちだが、皆、この景色を目にして何を感じるか、すこし知りたくもあった。

（――――？）

八戒は一度まばたきをする。意識的に。視野にかかった靄《もや》を拭おうとするように。

だが、視界を占める景色に変化はない。

瞬間、心の空隙《くうげき》を確信が埋めた。

やはり、……『何《なに》か』はすでに起こっていたのだ。

八戒は軽く目を見開く。驚きがあるのも事実だった。

「……月が、ない……ッ」

ベッドから立ち上がり、さらによく観察する。

湖面は確かに月光を反射している。誰かに同意を求める必要もないほど、それは明らかだ。それなのに空には、天上には、月が無かった。

これほどわかりやすい異変もない。

自分の迂闊《うかつ》さに歯噛《はが》みをしたいほどだ。

と、同時に腑《ふ》に落ちた。

(三蔵は――)

この異変に気づいている。多分、とっくに。

【PM10:10】

離れの造りは、玄関を入ってすぐが居間で。

右手の扉が寝室へと通じ、居間の奥に浴室を仕切る帳《とばり》が垂れていた。脇に衝立《ついたて》が立てられている。そこに男物の衣類が雑然と掛けられていた。悟浄のものだ。

陶製の床を叩くシャワーの水音。

浴室から気分よさげな鼻歌がもれている。


長髪を濡らし、肩から腰へとすべって落ちていく湯の肌触りが。心地よく。

シャワーへ向けて顎《あご》を上げ、悟浄は顔に湯を受ける。ざああっ、と強めの勢いで、刺激が降ってくる。目を閉じて、なぶられるままに汗を流す。

足元から立ち上る湯気が、肢体に絡んでくるのがわかる。

さほど広くない浴室に蒸気が満ちて、呼吸すれば喉に水気を感じた。熱い。

顔を俯《うつむ》ける。後頭部から首筋にかけて湯が当たる。髪の一房《ひとふさ》が湯の流れに沿って頬に張

りついた。濡れた髪の先から雫《しずく》が滴《したた》る。両手を顔に沿わせて悟浄は髪をかき上げた。

首の後ろで一束にまとめて、ぎゅっと絞った。含まれていた水分が零《こぼ》れていく。

肩と背中にシャワーを受ける。強めの水流に若干《じゃっかん》のくすぐったさを覚えた。

湯の熱さに溶けていく一日の疲れ。悟浄が上機嫌な顔になるのも宜《むべ》なるかな、だ。

（女が待ってない、ってのがアレだけどな）

幾ら上等なベッドでも。色男の湯上がりに空《から》では価値も下がるというものだ。低俗な歌詞の鼻歌を途切らせることなく、悟浄は低俗な独白《どくはく》を胸のうちで吐いた。

——ま、いーけど。

烈《はげ》しい俄雨《にわかあめ》にも似た、床を打つシャワーの水音。

蒸気にけぶった浴室内の視界はゼロに近い。

ふと、悟浄は目を細めた。

一見、なにも変化はないように思われる。目に映るのは一面の白い靄《もや》。耳にうるさい湯の響き。ざあああっ、と。

だが、切れ味するどい悟浄の眼差し。口の端を、軽く歪《ゆが》ませて笑う。

水音に紛《まぎ》れて、ごく微かに届く物音がある。居間に足音。小柄な人物とまで聞き分けた。

アホ猿が、寝つけねーからって戯《じゃ》れつきにきたのか？

暇なことだ。不意をついて驚かすつもりなのだろうが。……甘い。

聞き逃しかねない足音は、まっすぐに近づいてくる。浴室に向かって。

さてどうしてやろうか。答えはすぐに出た。生意気なガキ猿にはカウンターの一撃で灸《きゅう》を据《す》えるに限る。シャワーの水流を緩《ゆる》めず、悟浄は集中してそっと気配《けはい》を伺《うかが》った。

気づかれているとは気づいていない様子で、足音はさらに近づいてくる。

帳《とばり》一枚隔てた、すぐ向こう。息遣《いきづか》いさえ聞こえそうな、距離に。

今だ。

一瞬、髪の長いシルエットが映った気がしたが、そのことを認識するより先に悟浄は帳《とばり》に手を伸ばし、一気に跳ね開けていた。

銀の閃《ひらめ》き！

「――――ッ!!」

浴室の明かりを鈍く照り返すナイフ。頭上高くに掲《かか》げた朋蘭が、体当たりしてくる。ナイフを振り下ろす。悟浄の心臓めがけて。全身でぶつかるようにして。

受けとめきれず、悟浄は背中から倒れた。浴室の床。朋蘭ともつれ合う。

壁に飛び散った血の雫《しずく》は、すぐにシャワーに流される。朋蘭の体が悟浄の上になっている。体重を乗せて、ナイフが突き下ろされていた。

そこから鮮やかな血が流れている。

ナイフの刃《は》を素手で掴《つか》んだ、悟浄の掌《てのひら》から。

シャワーの真下。二人《ふたり》に均《ひと》しく湯が降り注《そそ》ぐ。荒くなっている筈の息遣《いきづか》いが、水音に呑まれて聞こえない。ばさりと髪が垂れて、朋蘭の表情は見えない。

ナイフの先端が、胸に触れているのがわかった。誤ることなく心臓を狙っている。

悟浄が下ということ、朋蘭の力が予想外に強いということもあって、両者の間でナイフは動かない。悟浄の掌から溢《あふ》れる血が、排水口へと流れていく。

排水口へと注ぐ血の赤に、翠《みどり》色が交じった。二筋《ふたすじ》の流れが合わさって濁《にご》った色になる。

（……なんだ？）

悟浄の顔にも翠《みどり》の筋が伝っている。朋蘭から——、朋蘭の髪から、流れ落ちてくる。

翠《みどり》は、朋蘭の髪の色だ。

悟浄は明らかな驚きに瞠目《どうもく》した。翠《みどり》の染料が落ちた朋蘭の髪の色を目にして。

それは見紛《みまご》うことのない、自分にとってもあまりに身近な色だった。

紅《あか》。

どんっ、と悟浄は朋蘭の腹を蹴って、引き剥《は》がした。浴室の外に転がって、朋蘭は倒れる。手加減は一応した。ぎりぎりの譲歩だ。命を狙ってくるなら、女であっても敵と見なす。悟浄とて自滅的なフェミニストではない。それでも。

髪の隙間から一瞬見えた朋蘭の顔が、怯《おび》えた小娘《ガキ》みたいだったから。

居間の床に突《つ》っ伏《ぷ》したまま朋蘭は動かない。苛立った身のこなしで悟浄は立ち上がる。

ざっくりと裂けた左掌に目を落とす。見るうちに鮮血が溢《あふ》れてくる。悟浄はきつく手首を掴《つか》んだ。無論、それで流血が止まるわけではない。

「痛《イタ》――っ!」

吐き捨てて、尖《とが》った視線を朋蘭に向ける。

「朋蘭っ、なんでこんな……」

悟浄が言い切るより早く、朋蘭が顔を上げた。

染料の落ちた紅《あか》い髪越しに、揺れる眼で悟浄を見つめてくる。紅《あか》い瞳。

それが意味するところはひとつしかないとわかっていても、まさか、という思いがある。

妖怪と人間が交わって生まれる禁忌《きんき》の子。

忌《い》むべき存在、といわれる。自分と同じ。

それは。呪われた生《せい》を受けた子供、だ。

【PM10：20】

「失礼します」

三蔵の離れを訪れ、八戒は寝室のドアを押し開いた。

踏む込む、足運びにともなって床板が小さく鳴る。

この部屋だけ温度が低く感じられるのは錯覚だろうか？

八戒は足を止める。薄明るい寝室。一角に設《しつら》えられているベッドから、銃口が八戒を狙っていた。わずかに目を見開いた。

「入っていいと言った覚えはない」

「でも、もう入っちゃいましたから……」

抑制された三蔵の声自体が、銃弾のごとき獰猛《どうもう》さを孕《はら》んでいた。だが、八戒は涼風のように受け流す。三蔵に付き合うように、一応両手を挙げてみたりする。

「フン」

銃口を八戒から逸《そ》らし、三蔵は傍《かたわ》らに放った。

八戒は後ろ手にドアを閉めた。ちらと三蔵を眺めて、なるほど、と感じる。

寝室が冷えているように覚えたのは、この殺気のせいだ。

普段から刺々《とげとげ》しい空気や、物騒な眼光を隠しもしない三蔵だが、これほど明らかな攻撃

性を剥《む》き出しにしているのも珍しい。そして、それゆえに、彼がリラックスしているのだと理解できた。

ベッドに上げた片膝に腕を乗せて、視線を伏せている。絶対に侵すことを許さない一線を周囲に張って、越えてくるものは誰であろうと銃殺する、という気配《けはい》だ。

ああ、と八戒はなぜか感心したように、納得する。

完璧な無慈悲さをまとった三蔵の姿。

(絵になりますね)

こんな思いは、当然、真正直には告げられないが。

八戒は、三蔵の気に障《さわ》らないように、落ち着いた足取りでベッド脇の椅子に向かう。

椅子の背を引いて、ベッドから若干《じゃっかん》の距離を開けた。静かに腰掛ける。

三蔵は懐《ふところ》から煙草を取りだして、くわえた。ライターで火をつける。

先端から紫煙が、無風の室内でまっすぐ上る。天上付近で広がって、薄れていく。

「……どう思います?」

「何《なに》がだ」

前置きなしの質問に、三蔵は怪訝《けげん》そうな目を向けてくる。

「この館――、ちょっとばかり変ですよね」

「気づくのが遅《おせ》えんだよ」

今更、と言わんばかりの言い草だ。

だが、三蔵は語調をわずかに緩《ゆる》めて、続ける。

「俺も他人《ひと》のことは言えんがな」

「そうですか？　三蔵は随分早くから気づいてたように見えましたけど」

八戒の言葉に、三蔵は答えない。

つと目線を窓のほうへ向けた。月光を湛《たた》えた湖面に。つられて八戒も、眺める。

「今夜は満月だったな」

「ええ」

言われるまでもなく、寝室を訪れるまでに頭の中で整理はつけていた。

八戒は淀《よど》みなく口を開く。幾つか確認したいことがあった。

「いつからか覚えてますか？」

確かに天にあった満月が、消えてしまったのは。

いや、消えてしまったのは自分たちの方ではないかという予想も、すでに立ててはいる。

自分たちが現実からずれた空間に入り込んでしまった、と考えるほうが、説明は付けやすかった。

「さあな。森に入るまでは見えていたと思うが」

「……つまり」

八戒は、三蔵から得られた情報をもとに、状況分析をすばやく行う。

怪鳥に追われて入ったあの森が入り口になっていたのだ。この異変に支配された空間の。

「化け鳥も、逃走劇も、すべては仕組まれていて僕たちはあの時点で、このゲームに参加させられちゃったって訳ですか？」

現状を比喩《ひゆ》するのに「ゲーム」という単語を使ったのは、ただの思いつきだ。

だが、口にしてみると、意外と当てはまっている気がしてくる。未だはっきりとは姿を見せない何者《なにもの》かの意志。周到に仕掛けられた罠。恐らくは悪意に満ちたもの。

三蔵は、己の内側に向けて発するように、告げた。

「――もっと前からかもしれんがな――」

言葉の意図は読めない。真意を問おうかと思ったが、三蔵も確信なく呟《つぶや》いただけのようであったので、八戒は口を噤《つぐ》んだ。

静寂の余韻が、室内には漂っている。

口を開くものがいなければ、痛いくらいに張りつめた静けさが訪れる。

並の神経の持ち主であれば、耐え切れずに不用意な物音を立て、それこそ三蔵に撃たれてしまうかもしれない。八戒は、今の三蔵が有している穏やかさと危うさの二面性を、どこか面白がっているかのような風情《ふぜい》で、じっと椅子に座っていた。

おもむろに口を開く。

「のんびり構えてますけど、いいんですか？」

「……？」

「みんなを一カ所に集めておくとか、いろいろ対策はあると思うんですけど」

無遠慮な八戒の指摘に、三蔵はわずかに眉を寄せる。

「ご免だな。野郎の寝顔なんざ見たくない。それに……」

間を置くように、煙草を吸った。

悪意に満ちたゲームの盤上、その中心に自分たちがいるのは明白であるのに。

三蔵は、そのことをまるで気にかけていないようだった。

ただ、己の定めた不可侵の領域に踏み込んでくる輩《やから》は、敵も味方もなく、容赦なく殺すと言わんばかりの口調で、

「この静寂は、結構、気に入っている」

淡々と告げた。

八戒は、背筋にすっと冷えたものを覚える。

だが、それは悪寒《おかん》の類《たぐい》ではない。目前の三蔵から発せられている、透明な危険さを肌で感じとってのものだ。この寝室に満ちている、三蔵がまとっている、何者《なにもの》にも侵しがたい空気。

――『凶暴な聖域』という言葉が、ふと浮かんだ。

【PM10：30】

招かれざる客、らしい。

自分たちは。

紅孩児《こうがいじ》はそう確信していた。

荒野から三蔵たちの乗るジープの車輪の後を追って、深い森に踏み入っていた。空間をねじ曲げ侵入者を拒む結界。それを咒文《じゅもん》で打ち破り、奥へと進んだところで。

それは待ち受けていた。

「おらあ――っ!!」

独角兕《どくがくじ》の青竜刀《せいりゅうとう》が、さらに一匹の式神を粉砕する。式神。地中より現れた、数多の妖怪の屍体《したい》。呪術によって仮初《かりそめ》の生命を与えられた生ける死者。

囲まれていた。いや、自分たちが仕掛けの中に飛び込んだ、と考えるほうが的確だろう。

先を行く三蔵たちが、同じ手荒い歓迎を受けたのかは定かではないが。

「コンの――ッ!!」

「はァ――っ!!」

独角児に倣《なら》って、李厘《りりん》も拳で、八百鼡《やおね》も爆薬で式神を次々倒していく。それでも式神の数は減らない。地の底から這《は》い出てくるような屍体《したい》の群れは、際限がなかった。苛立った様子で、紅孩児は掌《てのひら》に拳《こぶし》を打ちつける。ぎり、と力がこもった。

(何者《なにもの》だ？　裏で操っている奴は!?)

数体の式神を青竜刀の一振りで斬り伏せ、独角児が駈けてくる。

「紅っ！」

「何《なん》だ？」

「今、思い出したんだがな」

「……ああ」

「ここは確か鵬魔王《ほうまおう》が統治していた森のはずだ」

「鵬魔王？」

聞き返す紅孩児は、その名を聞いた覚えがない。

「そうだ。鵬魔王は、千を超える配下を従えながら、戦うことを嫌った平和主義者だった」

「戦わない妖怪？　そんな妖怪すぐやっつけられちゃうじゃん!!」

目前の敵を放りだして、李厘が会話に混ざってくる。

独角兕の肩に飛びつき、納得できないとばかりに大声で喚《わめ》いた。あっさり李厘を振り落として、独角兕は耳を押さえる。苦笑を浮かべ、諭《さと》すような口調で李厘に話す。無論、それは紅孩児にも向けられている。

「いや、鵬魔王は戦う相手に幻を見せて、その間に逃げちまうのさ」

「つまり、その鵬魔王がこの森を造りだし、俺たちを惑わせているというのか？」

そうであれば説明はつく。森林全体に幻術を施《ほどこ》せるほどの霊力を有しているならば、巨大な土塊《つちくれ》を怪鳥へと変ずることも、膨大な数の屍体《したい》を式神として操ることも不可能ではないだろう。平和主義者、という言葉が真実ならば、まさに自分たちは排除されるべき異物なのだ。

爆音。八百鼡の投げた爆薬が、紅孩児たちに迫っていた式神を吹き飛ばす。

「いいえ、そんなはずはありません！　紅孩児様っ」

「八百鼡？」

「鵬魔王は——、鵬魔王の一族は」

式神の群れから紅孩児を護衛するように、八百鼡はこちらに背を向けている。それでも、今、八百鼡が胸に痛みを抱いているのがわかった。背中越しにも。

続けて語られる内容は、

「何者《なにもの》かによって、一人《ひとり》残らず滅ぼされたと聞いています。鵬魔王の、一族すべてが」

かつての支配者の、悲しき末路だった。

【PM10:40】

左掌《ひだりてのひら》をタオルできつく縛った。

すでに痛みを通り越して、感覚がなくなりつつある。

（だっせぇこと）

ぷらぷらと左手を振って胸のうちで毒づく。タオルの生地《きじ》は、早々と悟浄の血を吸って、赤く染まっている。八戒の気功《きこう》でならすぐ塞《ふさ》がるのだろうが……。傷をつけたのが女だと知ったら、笑われそうで頼む気にもならない。いや、笑われる程度ならましだ。

真面目な顔で憐《あわ》れまれたりしたら、と考えるだけで死にそうになる。

悟浄が投げたバスタオルを肩に羽織って、朋蘭は悄然《しょうぜん》と居間の柱にもたれていた。

居間は静かなものだ。蛇口を閉めて、すでにシャワーは止められている。悟浄もズボンだけは履《は》いていた。右手には、まだ血糊《ちのり》のついたナイフが掴《つか》まれている。

朋蘭を見る目に、険《けん》が含まれるのは仕方がない。

「——なんで、俺を殺そうとした？」

見下ろせる位置に立ち、厳しい口調で尋ねる。びくっと肩を震わせ、朋蘭は俯《うつむ》いたまま顔を上げない。それは……、とか細い声で呟《つぶや》いたきり、そこから先は言葉にならないようだった。

悟浄はナイフを投げ捨てる。からんっ！という乾いた音が、意外と大きく響いた。らしくない、と頭のどこかで考えている。冷静でいようとしても、微熱に浮かされたように感情が高ぶっていた。誰かに、精神に爪を立てられているみたいだ。

うぜェ奴、ともう一人《ひとり》の自分が自分を笑っている。

悟浄は、意識的にため息をついた。深呼吸の代わり、にもならなかった。

「じゃー、質問を変える」

語気が荒くなっていないのが救いだ。その程度の自制心は働いていた。

「髪の色を隠してた理由はなんだよ」

「それは……っ」

跳ねる勢いで、朋蘭が顔を上げた。悟浄を見上げてくる。紅《あか》の瞳が涙の膜で潤《うる》んでいる。視線が合った。瞳の中の悟浄の姿は、水面に映るように揺れていた。

——女の涙は苦手だ。

「禁忌《きんき》の子供は、忌《い》み嫌われている、から」

もっともな、といえばこれほどもっともな回答もない。

へぇ、と短くもらす悟浄の声音《こわね》は、幾分固いものだった。左掌の傷口が熱を帯びたように、熱い。そこから全身に広がってくる感じがしていた。

ぱんっ、と耳の奥で弾《はじ》ける音色《ねいろ》。

現実の音じゃない。

記憶の蓋《ふた》がこじ開けられて、そこから湧きだした響きだ。

花。頬に叩きつけられた花。ぱんっ、と軽い音が耳元で鳴ったのをよく覚えている。母親の手。ただ呆然とするしか出来なかった自分。そんなことの為に贈ったんじゃないのに。

せっかく貰ってきたのに。

——嫌われたくないのに。

「この髪と、この目がある限り、わたしはわたし自身の呪縛から解放されないんです」

何度《なんど》も繰り返してきた独白《どくはく》のように、朋蘭は言い淀《よど》むことなく告げた。自分が自分であることが、すでに呪縛なのだと。わかりたくもないその実感を、悟浄は己のことのように共感できた。いや、それは確かに悟浄自身のことでもある。

（呪縛、ねぇ）

そんなふうに明快な単語を当てはめたことはなかったが。上手《うま》い言い方もあったものだと、頭の隅で感心している。深刻な問題そうで、悩むにはもってこいの呼び名だ。

……くだらねー。

自嘲気味に皮肉る。しかし、朋蘭にはなるほど、とうなずいて、

「けど、それが俺を殺そうとした理由じゃないだろ？」

「わたし、死ぬのが恐い」

朋蘭の返事は、悟浄の質問から微妙にずれている。だが、はぐらかそうという意図は見えない。悟浄は、あえて軽めの口調で受けた。

「気が合うね、俺もそうだ」

「だから、でも」

朋蘭はバスタオルを握る手に力を込める。朋蘭の中にある張りつめた紘《いと》が見える気がした。――ッ、と朋蘭は限界を感じたように、強く息を呑む。

何《なに》かを拒《こば》む仕草《しぐさ》で、首を横に振る。

「でも出来ない!!　他人を犠牲にして生きるなんて、わたしは……っ!!」

音を立てる勢いで床に手をつき、朋蘭は激しく嗚咽《おえつ》をもらす。

？　と悟浄は、一瞬だけ朋蘭の言葉の意味を取りそこねた。だが、すぐにぴんとくる。すべてに合点《がてん》がいった。悟浄の命を狙いながら、怯《おび》えていた様子も。話の核心から逸《そ》れるような返答の理由も。朋蘭ではない誰かが、裏にいると考えれば。

「ご主人様の命令ってやつか」

悟浄の抑えた声に返ってくるのは、泣き崩れた朋蘭の嗚咽《おえつ》ばかり。

それが何《なに》よりも雄弁に、肯定していた。

「……わたしの父はかつてこの一帯を治めていた妖怪でした。寛大で、情に厚く、一族の皆から慕《した》われていました。そして、人間の母をとても愛し、禁忌《きんき》の子であるわたしにも変わらぬ愛情を注《そそ》いでくれたのです。でも、その優しかった父も、

しばらくして泣き止み、訥々《とつとつ》と話しはじめた朋蘭だが、途中でまた胸をつかれたように咽《むせ》びだしてしまう。ぺたりと腰を床に落とし、手をついて顔を伏せた姿勢で。

濡れた衣服の裾をぎゅっと握り、涙を零《こぼ》す。数滴の雫《しずく》。

床で弾《はじ》ける小さな音が聞こえたような気がした。

無理に喋《しゃべ》らせたわけではなかったが、悟浄は朋蘭の前に片膝をつき、艶《つや》やかな紅《あか》の髪に

手を伸ばす。口説くような台詞《せりふ》なら幾らでも吐けるはずだが、何故《なぜ》か上手く出てこない。

女の一人《ひとり》も慰められないでいた。

調子が狂っている。自覚されないほど、些細《ささい》なレベルで。

コンコンッ。

不意の物音に、悟浄は鋭くふり向いた。音がした方へ。

「――ッ八戒!?」

玄関を背にして居間内に立つ八戒が、上げた片手で閉まった扉をノックしていた。

悟浄に気づかせる為に。見慣れすぎた澄まし顔、だ。

悟浄は反射的に尖《とが》らせていた眼光を、緩《ゆる》める。悪びれたふうなく八戒が口を開いた。

「すいません、勝手に入ってきちゃいましたけど。なんか、お邪魔だったみたいですね」

吐息とともに肩を落とす悟浄。どうやら神経が過敏になっていたようで、そんな自分に軽い嫌悪を覚える。何余裕《なに》なくしてんだか、というところだ。

朋蘭の前から立ち上がり、八戒に向き直った。肩をすくめて見せる。

「マジマジ。せっかくイイとこだったのに――」

あはは、と笑う八戒の声に、いつもの調子を取り戻せた。

すっ、と八戒の視線が悟浄の左手を捉える。傷を隠そうにも巻き付けたタオルは血を吸って真赤《まっか》で、今にも滴《したた》り落ちそうなくらいだ。冷静な目が、悟浄と朋蘭を見計った。

「悟浄、どうしたんです？　そのケガ」

朋蘭が、八戒から逃れるように、顔をうつむけた。悟浄は、ことさら何でもないように左腕を上げて応じた。説得力はないかもしれないが、力業《ちからわざ》で押し切ろうと。

「気にすんな、どーってことねーから。それより何《なん》の用だ？」

「……、三蔵が呼んでるんです」

質問で切り返したのがよかったのかもしれない。八戒はそれ以上追求はしてこないようだった。淡々と、用件を話す。

「ここは危険だから、ひとつの場所に集まった方がいいって……」

「三蔵が？　どーせお前が言い出したんだろ」

「まあ、そういうことなんですけど。でも、実際危険なことが起きたんでしょう？」

八戒の視線をたどれば、床に転がるナイフが見える。血糊《ちのり》がべったりついたそれと、悟浄の左手と、怯《おび》えた様子の朋蘭を見れば起きたことは明白なのだろう。

聡《さと》い奴とつきあうと面倒だ、と悟浄としては思わずにいられない。仕方なく降参の身振りをして、上着を掛けた衝立《ついたて》へと向かう。気のない動作で上着を引いて取り、首と腕を通していく。左手が使えないので若干《じゃっかん》もたつく。

「けど、これっ位の『危険』なんていつものことじゃねぇ？」

軽口を叩く。しかし、それは本音でもある。

大した危機は感じていなかった。仕組まれた誘いにまんまと乗った自分たちは結構バカなのだろうが、何《なに》もかも疑ってかかる訳にもいかない。

今夜はツイてなかった、と思うだけだ。

「まあ、用心に越したことはないですから」

居間を歩きながら、八戒は悟浄に応える。嫌《いや》みのない口振りで、悟浄も（別にいーけど）と安全策につきあうのは構わなかった。

「――惜しかったですね」

上着を着ている背中越しに、足を止めた八戒の和《なご》やかな声。

一瞬、？　となってから、悟浄はわざとらしく責める口調で八戒に言い返す。

「ああ。お前が来なきゃ広すぎのベッドが、ちょーどイイ具合になったのにな」

「違います。僕が惜しいと言ったのは朋蘭ですよ」

「あ？」

すぐ背後に八戒の気配《けはい》。着終えた悟浄はふり向く。当然、無警戒。無防備。

下腹部に捩《ね》じ込まれる灼熱《しゃくねつ》。

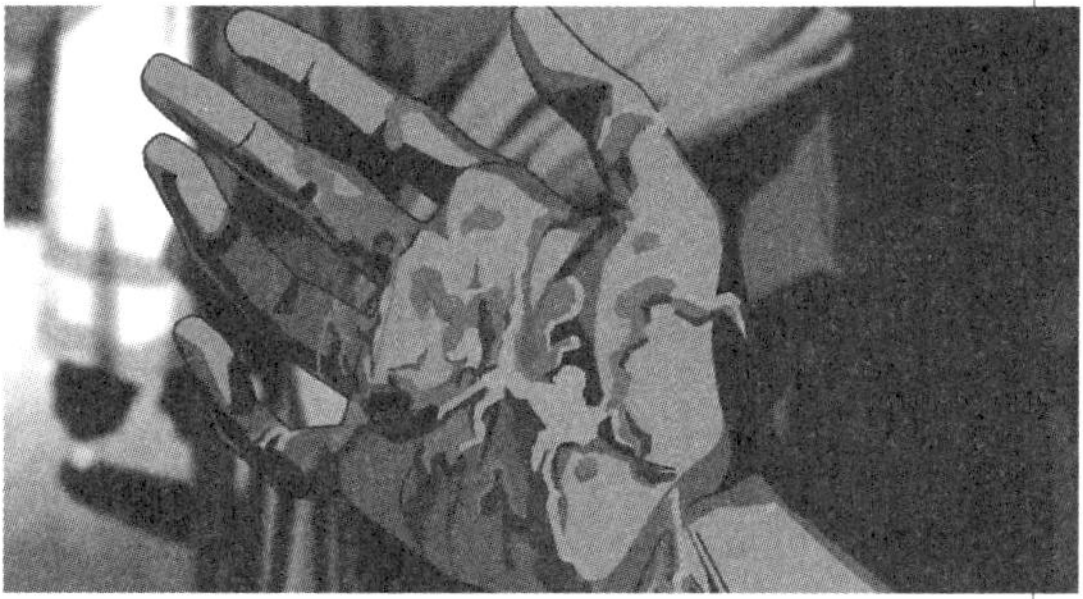

——なんだ？

短い忘我のあと、波がきた。下腹部の一点を中心に、暴虐的《ぼうぎゃくてき》に全身を侵す熱波《いたみ》。吐息が触れるほど間近で、悟浄は八戒と見つめあう格好になっていた。八戒が浮かべているのは『人好きのする』ごく柔らかな笑み。——なんだ？

体内から、何かが引き抜かれる感触。肉と金属が擦《こす》れるのがはっきりとわかった。痺《しび》れにも似た鈍い痛みが、全身を支配した。一気に体から力が抜けていく。

ほとんど無意識で、下腹部に震える右手を添えれば、ぬるりとしたものが。

血だ。

悟浄の前から一歩引いて、八戒が手の中のものをかざしてみせた。血に濡れたナイフが、収まっている。歩きながら床から拾ったらしい朋蘭のナイフだ。

両足の感覚がなくなった。

視界が急に低くなって、自分が床に膝をついたのだとわかる。

何《なに》が起きたのかなら、さすがに嫌でも理解できた。刺されたのだ。ナイフで。八戒に。

……なんだよ、それ。

くっだらねぇこと、やってんじゃねーよ。お前——

床が起き上がって顔面に迫ってくる。違う。悟浄の体が前のめりに倒れているのだ。

ぶつかる勢いからして結構ハデな音が立ったはずだが、耳には届かなかった。五感が死んでいく。朋蘭が駈けよってくるのが、何《なん》とかわかった。多分、自分の名前を呼んでいるんだろうと思う。

八戒が朋蘭に声を掛けている。聞き取れない。腹が痛い。

(オイオイ、これ腸に届いてんじゃねェ……？)

体の下で、じわじわと血の海が広がっているのを感じる。視界に映るのは朋蘭の膝と、八戒の足先だけ。霞《かす》んでいく視界で八戒を——、八戒の足先を見続けた。

すべての感覚と意識が闇に飲まれていく。

……まさかお前に刺されるとはね。という思いがある。

それを面白がっている自分がいた。

けれど。

『こいつは違う』

という絶対の確信があった。

(あー、目茶《めっちゃ》バカ。俺)

——。

【PM11：10】

三蔵《さんぞう》の離れ。磨《と》ぎ澄まされた静寂を破ったのは三蔵だった。

「俺はもう寝る。これ以上くだらん話につきあう気はない」

だから出ていけ、と。八戒《はっかい》は苦笑して、椅子から立った。

「はいはい、わかりました」

「――言っとくが……」

素直に退出を決めた八戒に、顔を向けることなく三蔵は言い添える。

「何《なに》があっても朝まで俺を起こすな。この部屋に入った奴は誰であろうと殺す」

言われるまでもなく、そんなものは三蔵の様子を見れば伝わってくる。

八戒とて、三蔵の休息を妨《さまた》げたいとは考えてもいない。置かれた状況を考えれば、次善《じぜん》策《さく》はとった方がいいのかもしれないが。団結して見えない悪意に立ち向かうというのも、自分たちらしくはなかった。どうせ放っておいたところで、死の淵から欠伸《あくび》まじりで生還する者が揃っている。

「わかりました。それじゃあ」

シンプルに肯定を返して、八戒は寝室の扉に向かう。協力を拒《こば》む三蔵に異を唱えても、信じられるのは己だけだ、と答えられて終わりだろう。それは本心だろうが、額面通りに表層だけを捉《とら》えるのも、また違うと八戒は思っている。

敵味方の区別に迷いがないのだ。三蔵には。


回廊に出ると、湖面を撫《な》でる風が全身に吹いてきた。

水気を含んだ柔らかな風は、しっとりと肌に吸いつくようだ。三蔵でなくとも、こんな夜は誰にも邪魔されず過ごしたいものだった。八戒は歩みを進める。自分の離れに向かって。己の足音だけが、小さく耳につく。単調なリズム。

騒がしくない夜、というのも久しぶりだった。

たまには……、と八戒は呟《つぶや》く。そう。

(たまには、こういうのもいいかもしれませんね)

それが悟浄と同じ感想だと、もちろん八戒は知らない。

見慣れてしまえば、湖面にのみ映る月明かりというのも趣《おもむき》があった。そう感じてしまうことが、すでに幻惑されているのかもしれないが。つい楽観的になってしまう。

三蔵の酔気《すいけ》に当てられているのだろうか?

離れが近づいてくる。天に姿のない月の光を受けて、上品な佇《たたず》まいを見せている。

回廊から、離れの建つ庭園に足を踏み入れた。

庭石の苔《こけ》の匂いが微《かす》かに馨《かお》る。靴裏で、砂利《じゃり》敷きの地面が軽く音を鳴らす。

――回廊へとふり向きざまに八戒は気孔波《きこうは》を充填《じゅうてん》。

だが。

一気に攻撃可能なレベルまで達する気孔波《きこうは》の球形。戦闘モードの表情になる八戒。

凄烈《せいれつ》な気の輝きが膨《ふく》れ上《あ》がる。まっすぐかざした掌《てのひら》の先で。

「!!」

(……っ?)

照らし出された人影を目に留めて、八戒は険《けわ》しく寄せた眉をわずかに緩《ゆる》めた。

掌《てのひら》の中で、気孔波《きこうは》がしぼんでいく。拳大《こぶしだい》にまで縮まり、最後にボンッと花火のように弾《はじ》けて散った。霧消《むしょう》する。同時に八戒は、芝居じみた仕草《しぐさ》で、がっくり肩を落とした。

人影に声を投げる。

「悟空《ごくう》。いきなり後ろに立たないでください」

室内用の薄着姿で悟空が立っていた。寝惚《ねぼ》け眼《まなこ》をこすりながら、たった今、自分が攻撃されかかったことにも気づいていないようだ。脇に枕を抱えていた。

やれやれ、と八戒はため息をつく。

「思わずぶっ飛ばしちゃうところでしたよ。驚かさないでくださいね」

「――――うるさいんだ」

端から八戒の言葉を聞いていないように、一方的に悟空は呟《つぶや》く。

え？　と八戒は、意識の死角から滑り込んできたその台詞《せりふ》に、一瞬とまどう。眠気《ねむけ》に捕われている茫洋《ぼうよう》とした様子のまま、悟空は目線を地面に向けている。表情は判然としない。まだ夢の中にいるようにも伺《うかが》えた。

「なんかさ」

八戒に言いながらも、悟空の口振りはどこへ語りかけているのか掴《つか》みにくい。

淡々とした声音に、ふと肌寒さを覚える。

「ずっと水の流れてる音がしてて、まるで」

（え？）

……耳鳴りみたいなんだ。

悟空の言葉を最後まで聞いた八戒の胸に、切り傷のような痛みが疾《はし》った。

耳鳴り？　水の音が。

静けさの中、不穏な予兆が脳裏をよぎる。

どこで。

肌を刺すように、かたちのはっきりとしない危機感が訪れていた。

八戒は自覚する。意識の冷静な部分が、

——この予感は外れないだろう、と告げている。

緊迫から両足に力がこもった。

ざっ、と砂利《じゃり》が鳴った。


悟空に連れられて、八戒は悟浄《ごじょう》の離れのある庭園につく。

離れの中から、水の流れる音が聞こえている。強い勢いで、ざあああああっ、と。

確かにうるさいが、悟空の離れまで届くものだろうかと、すこし気になった。だが、野生動物並の五感をもつ悟空の耳には、充分雑音として聞こえたのかと一応納得した。

欠伸《あくび》をもらす悟空の先に立って、八戒は離れの中に踏み込んでいく。

扉に鍵はかけられていない。だが、それはいつものことだ。内へ声をかけることもせず、八戒は無遠慮に引き開ける。気が急《せ》いているのかもしれない。

玄関を入ってすぐの居間は、薄暗い。どうやら造りは四人の離れ共通らしかった。

室内に入ると、水の音はさらに大きくなって聞こえる。シャワーの水流音。限界まで蛇口をひねっているような喧騒《けんそう》だ。……悟浄の姿は見えない。

すばやく居間全体に視線を走らせた八戒は、床に血痕《けっこん》を見つけた。誰の？　と思うと同時に悟浄のものでしかありえないと理解する。足早に向いの浴室を目指す。

激しい水音。刺すような危機感は、くっきりと強さを増している。

乱暴な手つきで、浴室の帳《とばり》を跳《は》ね除《の》けた。

「悟浄っ？　——悟浄、どこですッ!?」

浴室は狭い。靄《もや》にけぶっていても、そこが無人であるのは明らかだ。

八戒は反転して、再び居間を伺《うかが》う。遅れて入ってきた悟空が、血痕《けっこん》の前に座り込んでいる。大きな歩幅で悟空に近づき、八戒もしゃがむ。片手を伸ばし、指先で血痕《けっこん》を擦《こす》った。

（まだ乾いてない）

若干《じゃっかん》粘り気を帯びていたが、床に付着してからさほど時間は経っていないようだ。それが意味するところを考える。悟空が立ち上がって、入れ替わりに浴室へと歩いていく。

開け放たれている寝室の扉から奥を見れば、そこにも悟浄がいないことは明白だった。

……ならば、どこへ？

「ったく、どこ行ったんだよ。アイツさあ」

八戒の思考を代弁するように、浴室で悟空が喋《しゃべ》っている。

きゅっ、と蛇口を閉める音がした。水流が弱まっていく。水音が小さくなっていく。八戒は指先をズボンで拭《ぬぐ》った。……体内で血の流れが早まっているような焦燥《しょうそう》が消えない。

どくどくと、うるさいくらいに心臓が鳴っている。

不穏《ふおん》な予兆。漠然とした嫌な感じ。体にまとわりついて離れない。何《なに》か、が、聴こえていた。

――みずのおと。

すでにシャワーは悟空によって完全に閉められている。それなのにどこかで水の流れ落ちる音がしている。遠くから。徐々《じょじょ》に近づいてくる。別の離れのシャワーの音？　ありえない。徐々《じょじょ》に大きく聞こえてくる。激しさを増す。

――あめのおとだ。

感電したように八戒は、眼を見開く。勢いよく立ち上がる。

玄関へと駈けて、ばんっと音を立てて扉を押し開いた。視界を占める豪雨の景色。跳ねる飛沫《しぶき》に庭園は煙《けぶ》ってさえ見える。扉に手をかけたまま八戒は言葉を失う。背後に立つ悟空が、八戒の腕の下から外を見遣《みや》って声を上げた。呆然と、

「空、晴れてんじゃん!!　なんでだよ……っ!?」

もっともな疑問だが理由など八戒も知りはしない。教えてほしいくらいだ。

雨雲ひとつない夜空から降ってくる。土砂降りの苛烈《かれつ》さの雨滴。

地面を叩く悪意に満ちた豪雨。容赦なく、八戒の自意識を侵して深層の傷口に触れてく

る。抉《えぐ》られる。暴かれる。弄《もてあそ》ぶように、嘲笑するように。

耳の奥で鳴る。

「……ッ、…………ッ!!」

短く呻《うめ》いて、八戒は前のめりになる。なんとか倒れずに踏み止まった。

「八戒っ！」

「大丈夫、ちょっと古傷が疼《うず》くだけです」

不安げな声の悟空に、努力して笑みを浮かべて応える。伏せた顔をゆっくりと上げた。

その視界の端にちらと小さな建物が映る。庭園の隅《すみ》。今まで気にしていなかった。他の離れにはないものだ。八戒は、引き寄せられるように見る。

物置きとして使われているらしい納屋《なや》。周囲の景観と調和を保つ瀟洒《しょうしゃ》な佇《たたず》まいのもの。

その扉が、八戒の見ている前で静かに開いた。何者かの意志を感じさせる動きで。

——招かれている、と直感で理解した。

八戒の脇をすり抜けて、悟空が縁側に出る。まっすぐに納屋《なや》のほうを見ている。悟空も感じているのだろう。自分たちを誘う存在の気配《けはい》を。ふり向いて、悟空は同意を得るような目を向けてくる。

雨の音がうるさい。

「やっぱあれって、来いってことか？」

「……でしょうね」

雨の音がうるさい。消えろ、と念じても消えない。

「とてもよい性格の御方が、歓迎パーティの準備をして待っててくれてるんじゃないですか？」


雨の音がうるさい。

誰かの哄笑《こうしょう》が聞こえる。


長い階段が、地下へと続いていた。納屋《なや》の扉の向こう。

石造りの階段。地面をくり貫《ぬ》いただけの通路。染みだす清水が、雫《しずく》となって落ちている。

深く深く、どこまでも続いているようだ。

一段踏み下ろす度《たび》に、一歩ずつ悪夢の底に降りていくような感覚に襲われる。

どれほどの時間、地下へと進んだのかも定かではなくなる。八戒と悟空の規則的な足音が、岩壁に反響して不快な音を奏でている。……両脇に灯火《ともしび》を備えた鉄扉《てっぴ》が二人《ふたり》の前に現れたのは、地の果てに着くのではと思うほど階段を下りた末のことだった。

二人《ふたり》は鉄扉《てっぴ》の前の踊り場で足を止めた。

生者の存在を感じさせない、冷然とした静けさが降りてくる。深海にいるようだ。呼吸する。吐く息が白く凍らないのが不思議なくらいの寒気《さむけ》を覚える。

魂にまで染み込んでくる冷気。あるいは呪詛《じゅそ》？

(この扉の向こうにいる、というわけですか)

鉄扉《てっぴ》の把手《とって》を掴《つか》んで、八戒は悟空に見返る。悟空は何《なに》も恐れない、醒《さ》めたといってもよい顔でうなずく。手の込んだ誘い方から、相手の狙いが八戒であるのは明白だった。つきあう義理のない悟空を連れてきてしまったことに、すこし申し訳なく思う。

悟空にうなずきを返して、八戒は鉄扉《てっぴ》に向き直る。把手《とって》に力を込めて押す。

錆ついた軋《きし》みの響きを立てて、重い扉が開いていく。隙間から零《こぼ》れてくる黴《か》びた空気。

一気に押し開いて、鉄扉《てっぴ》の向こうの空間に踏み込んだ。

薄明るい、人工的な空間だ。

「――――ッ!!」

膝がぐらついた。八戒は息を呑まざるを得ない。眼前に広がる光景に。

……雨の音がうるさかった。それはもはや、八戒の耳の奥だけで鳴っている。

石畳と岩牢と鉄格子。見覚えがあった。いや、そんな次元ですらない。

同じだった。記憶の中にあまりに鮮明に浮かぶ、あの瞬間と。間違いなく己の半身が失われたあの時と。同じだった。

『もう遅いよ、悟能《ごのう》。このお腹の中にはね、あの化物の』

脳裏に焼き付いた映像と、細部に至るまでが酷似《こくじ》している。空気の匂いまでもが。

すべてが同じだった。自らが過去に迷いこんでしまったように。

『だから、さよなら。悟能』

大罪《たいざい》の烙印《らくいん》のように魂に刻まれている光景が、ここに在《あ》る。

「八戒？　ちょっ、しっかりしろってッ、八戒!!」

悟空に肩を揺すられている、とわかるまでに時間がかかった。吐き気がする。胃液が上ってこようとしている。見え透いた仕掛けに嵌《は》まり、まんまと動揺している自分を許せなく思う。

岩牢の奥、暗がりから啜《すす》り泣きがもれている。

(――許せない)

暗がりの中で人が立ち上がる衣擦《きぬず》れの音。鉄格子の側まで来る。その姿。

誰かの悪趣味な歓迎に、理性の箍《たが》があっけなく弾《はじ》け飛びそうだった。

「ああ、来てくれたのね。悟能」

鉄格子にしなやかな手を這《は》わせて、呼びかけてくる。この手を好きと言ってくれたように、八戒も彼女の手が好きだった。けれど。

こんなことは。

(許せない)

悟空が八戒の元から駈けだし、鉄格子の出入り口に取りつく。古びた南京錠《なんきんじょう》が掛かっている。悟空の手が、それを掴《つか》む。なんかよくわかんねえけど！　と声を上げて、乱暴に錠《じょう》を引き千切《ちぎ》った。金属の折れる、神経に障《さわ》る音が響いた。

八戒は鉄扉《てっぴ》の前から動けない。

鉄格子が開く。岩牢から女性が駈けだしてくる。八戒を真正面に見つめてくる。まっすぐな眼差し。本当はいつも羨《うらや》ましく思っていた。好きだった瞳。駈け寄ってくる。はっきりとその姿が視界に収まる。好きだった髪。好きだった顔。腕を伸ばして、八戒の首に手を回してくる。好きだった匂い。好きだった肌の感触。好きだった声で。

「悟能、ああ悟能！　会いたかったわ。悟能——」

あまりにリアルな存在感。

感じとれるすべての情報が、本物だとしか思えないと告げている。けれど。

八戒は抱きついてくる花喃《かなん》の体を押し退《の》けた。まだ優しさの残る強さで、己の体から引き離す。これがまやかしなのだとわかってしまう自分は、不幸なのかもしれなかった。

花喃は、驚いたような顔をしている。信じられないといった悲しげな表情だ。

「……とても酷《ひど》い目にあったわ。恐くて死んでしまいそうなくらいに」

行き場をなくした両腕で自身の肩をかき抱き、独白《どくはく》する。涙に濡れた目を上げて、八戒を見る。震える口許《くちもと》に、ふわりと笑みが浮いた。

「でも、あなたが来てくれるって信じてたから……」

手を差しだし、八戒の手を取ろうとする。八戒は応じない。口の端を引き結び、固い表情で花喃を見返している。あきらめて手を引き、けれど花喃はまだ明るい顔で、胸の前で手を組み合わせる。神に感謝を捧げるような仕草《しぐさ》だ。

「ねえ、悟能。帰ったら美味《おい》しいものを食べましょう？　わたし、腕によりをかけてたくさん作るわ。それから、一緒にお風呂にも入りましょう。ああ、その後は暖かなベッドで、二人《ふたり》で……」

花喃の口調は徐々《じょじょ》に熱を帯び、浮かされたようになっている。

組んだ手をほどき、八戒に一歩近づいてくる。まっすぐに八戒を見る眼差しは、艶っぽい光を宿していた。誘いに応じない八戒の手を、無理矢理に掴《つか》んだ。もはや明け透けな色香を匂わせた声で、さらに続ける。

「悟能。ああ、悟能、愛しているわ――」

花喃の手を振り払いざま、八戒は彼女の頬を叩いた。手加減を一切しない力で。

よろめき、体勢を崩して花喃は後ずさる。汚らわしいものに触れたように、八戒は手の甲に視線を落とす。短い間のあと鋭い眼光を跳ね上げた。暗い炎を湛《たた》えた両の瞳で、花喃をにらむ。

「悪戯《わるふざ》けもたいがいにしないと、いい加減キレますよ」

抑えられた声音《こわね》。本当は、とっくに理性はキレている。

そして、それゆえに現状を把握するための計算高さが冷徹に増して、八戒は沈黙を守っていた。だが、それもここまでだ。もう抑える必要のなくなった攻撃衝動を、八戒はあらわにしている。

キン、と意識が鋭利に尖《とが》っているのを自覚する。ちりちりと肌が帯電しているように敏感になっていた。

「どこの誰かは知りませんが、こんな悪趣味な歓迎を用意してくれるとは予想外でしたよ」

狙いが何かはまだ定かではないが。零度の声音《こわね》を叩きつけられた花喃は、心外と言わんばかりに目を見開き、次いで不敵な様相《ようそう》に変わる。――醜悪な微笑面《びしょうめん》に。

「酷《ひど》いわ、悟能っ」

赤くなった頬に手を添え、泣き崩れる素振《そぶ》りを見せる。わざとらしい大仰《おおぎょう》な仕草《しぐさ》だ。

もはや喜劇じみている。それに対して反応はせずに、舐《な》められたものですね、と八戒は低く呟《つぶや》く。花喃は踊るような足取りで、八戒の周囲を回る。その顔には媚《こ》びた笑みが浮かんでいた。くたびれた娼婦のように体をくねらせ誘惑する。

「ほら、わたしはココよ。捕まえてみせて。ほら、早くぅ」

身中で血が冷えるのを八戒は自覚する。冷血、という言葉通り。

「ねえ、お願い。早く来てぇ、わたしの愛しい愛しい人――」

ゴゥンッ!!!!閃光《せんこう》が弾《はじ》けた。花喃の顔面に。

大気を焦《こ》がし、余波だけで鉄格子を捩《ね》じ曲げるほどの熱量を有した気孔波《きこうは》が直撃した。

背後に回っていた花喃へ、八戒はふり向きもせずに抜き手だけで放っていた。凄絶《せいぜつ》な爆撃を受けた花喃の体は、鉄扉を押し破って石階段の踊り場に派手に転がる。ぴくりとも動かない。

「立ってください」

ふり返り、倒れたままの花喃に平然と告げる。八戒はすでに、誰かが花喃に化けているだけだと見抜いていた。――簡単には殺すな、と頭の中で声がする。

「今のは挨拶《あいさつ》代わりです。お仕置はこれからですよ」

踊り場から、ククク、という忍び笑いが返ってきた。八戒は刃《やいば》のように目を細める。

操《く》り絃《いと》に引き起こされる人形のような、不自然な動きで花喃が身を起こす。いや、それはもう花喃ではなかった。花喃の末期《まつご》の服を着た、顔の上半分を仮面で覆った男だ。どの瞬間に幻術が解けたのかは定かではない。立ち上がり、衣服の汚れを手で払って、仮面の男は晒《さら》している口許《くちもと》を邪悪に歪《ゆが》めた。

「そう怒るなよ、猪悟能《ちょごのう》？　僕たちは同類なんだからさあ」

「同類……？」

「僕もここでやったんだよ。アンタみたいに千匹の妖怪を殺し、その血を浴びたんだ」

「それがどうしたというんですか？」

御託《ごたく》に興味はないと切り捨てる。だが、仮面の男の言葉からは、幾つかのことがわかった。喋《しゃべ》り方から粘着質な性格が、話の内容から男が八戒のことをよく知っているということが。ならば、仮面をつけている理由もなんとなくわかる。どこかで恨みを買ったということも十分に考えられることだ。自分ならば。

「僕も自らを妖怪へと変化させたんだ。アンタと同じようにね」

(何者《なにもの》だろう？　この男は)

八戒は記憶を探る。容姿を手がかりにしようにも、仮面に覆《おお》われていてはそれも叶《かな》わない。かすかな苛立ちが、冷酷に徹していた八戒の内面に細波《さざなみ》を生む。それが、一瞬の隙となった。背後に影。気配《けはい》――はしない。そう、先刻回廊で後ろに立たれたときのように！

「が……ッ!!」

本能の警告に従ってふり返った八戒の首に手が伸びた。悟空の手だ。かわす暇なく、首を掴《つか》まれた。わずかのためらいもなく締め上げられる。気管が押しつぶされて、呻《うめ》き声がもれた。気孔波《きこうは》を放とうとするが、首を締める力の強さに意識が薄れて、集中できない。

悟空は腕を高く伸ばして、八戒を吊り上げる。さらに指が食い込んでくる。

なんとか目線だけを下に向けた。悟空の顔。なにも恐れない醒《さ》めた顔。どうして気づかなかったのか。この悟空は、偽物《にせもの》だ。意識が朦朧《もうろう》としてくる。激しい頭痛と耳鳴りに苛《さいな》まれる。血の激流が脳内に響いているのだろうか。……うるさい。

花喃の死に装束《しょうぞく》姿のまま、仮面の男が愉《たの》しそうに告げる。

「さあて、猪悟能。クイズを愉《たの》しもうか？」

――許さない。

「もし正解したら、締めつけを緩《ゆる》めてあげる。でも、間違っちゃったら」

ありがたい説法《せっぽう》のように仮面の男は、話し続けている。悟空が手に力を込めた。首の締めつけが強まる。喉から呼気がもれた。苦痛が増す。頭痛と耳鳴りがさらに激しく暴れる。

大瀑布《だいばくふ》のごとき轟《とどろ》きだ。どおおおっ、と津波のような轟音《ごうおん》が耳の奥でする。

「間違っちゃったら、そうなる。いいね、では第一問」

——許さない、殺す。

「僕は誰でしょう？」

「変、態……、野、……郎っ」

「ブ——」

切れ切れな八戒の回答に、仮面の男は、嬉しそうに拍手をした。悟空の手がさらに強まった。かっ、はっ、と苦悶《くもん》の呻《うめ》きが八戒の喉から絞り出る。

「第二問。僕はだぁーれだ？」

「女……、装趣、味……の、変……態…………、野郎っ」

「ブ————」

呼吸もままならないほど締め上げられた。

嵐のように乱れる意識の中で、男に対する敵意だけが明確に自己主張していた。

「いよいよ、最後の質問です。問題、僕は誰なんでしょ——？」

「…………女、装、……趣…………味、の、変……態、お面野、……郎っ!!」

ニッ、と口の端を曲げて、仮面の男は機嫌《きげん》よい笑みを浮かべる。口笛を吹くように口許《くちもと》をすぼめ、

「ブ――――ッ!!」

男に対する敵意以外の思考はすでに、昏睡《こんすい》の海に飲まれている。

限界まで締めつけが増し、すべての意識が完全に失神の域に沈むまで、その最後の瞬間まで、八戒は絶対敵視の眼光を仮面の男に向け続けていた。

否、その服従という言葉を感じさせない八戒の顔は、気絶した後も変わらない。

誰かの掌《てのひら》で踊らされる位なら死を選ぶ。

まさにそう言わんばかりの決然とした横顔だった。

【PM11:45】

渦巻いている雑音が喧《やかま》しい。

どこから聞こえているかも定かではない。

遠くから届いている気もするし、すぐ耳元で騒いでいるようにも思える。動物の唸《うな》りのようであり、人が談笑しているようにも聞こえる。いや、そんなことはどうでもいい。

微睡《まどろ》みに沈む意識の中、悟浄はただ煩《わずら》わしいと考える。

ただ――静かにしろよ、と。

眠いんだから。ぶっ殺されたくなかったら黙れ。

途切れない騒音。

心地よい安眠の淵から引き起こされ、苛立たしく眉を寄せる。寝返りを打とうとして、自分がひどく固いベッドに横になっていると気づく。あ？　と思う。なんだ？　と思うより早く、土の匂いを嗅《か》いだ。うつ伏せに地面に倒れている。

（……ここは？）

うるさかったのは森のざわめきだ。

淀《よど》んだ脳裏が晴れていく。正気が戻るにつれ、特上の不快感が全身を侵していることを知る。下腹部に熱いとも冷たいともつかない感覚がある。重く、鈍い、…………痛みだ。鋭利な刃物で刺された傷。そう、八戒の姿をした何ものかに。

——さんっ、浄さんっ、悟浄さん！

誰かが体を揺すっている。女の声がする。名前を呼んでいる。

わーかったよと心中でぼやき起き上がろうと腕に力を込めた。感覚はほとんどなかったが、なんとか上半身が持ち上がった。固い土の地面の上。

なにか喋《しゃべ》ろうとしたが、口の中のものが邪魔で。

（何《なん》の味だ？　これ）

口内に広がるどろりとした感触と濃い鉄の味に疑問が浮かぶ。次の瞬間、激しく咽《むせ》た。

残らず吐き出して、それが己の血だとわかる。ああそうか、と納得する。だから不味《まず》いのか、こんなに。

「無理しないで、悟浄さんっ」

ふらつく体を支えようと女が手を伸ばしてくる。悟浄は霞《かす》みがかった視界に気合いを入れる。目前に朋蘭《ほうらん》が見えた。気遣《きづか》う顔をしている。朋蘭の手をかわすように無理に体を起こす。すぐそばに見えた樹の幹に、乱暴にもたれかかった。その軽い衝撃にも、下腹部の痛みは激しく疼《うず》く。痛みが意識を現実に引き戻してくれる。今はそれがありがたい。

朋蘭に話しかけようとしたが、喉からもれるのは荒い呼気ばかり。

手振りだけで『へーきだから心配すんな』と伝えた。もちろん、平気であるはずがない。ムカツククらい極上な重傷だ。刺した奴を誉めてやりたいくらいだ。当然、丁重なお返しとともに！

徐々《じょじょ》に思い出す。刺された後、悟浄は朋蘭に連れられ離れを出て森に逃げ込んでいた。彼女が一人《ひとり》で運べた訳はないから、ここまで自分の足で来たはずだがその間の記憶は欠落している。

「ここで待っててください」

しゃがんでいた朋蘭が立ち上がった。何《なに》かを決意した目をしている。

無理すんじゃねーよ、と口だけを動かした。たぶん、伝わってないだろう。朋蘭の目にもう涙は浮かんでいない。それでも悟浄は、彼女が今でも泣いているとわかってしまう。女の涙は苦手なくせに、こういうことを悟《さと》れるのは過去の賜物《たまもの》か。

便利なのか不便なのか。ただ、——どうしようもねェな、と自分を笑うだけだ。

朋蘭がどこかへ去っていく。その背中が見えなくなってから、悟浄は空を見上げた。

樹々の隙間からのぞくのは星も月もない黒い夜空。なのに、なんとか周囲を見ることができるほどの薄明りが降っている。

「ヘッ」

笑ってみると声が出た。悟浄の顔には戯《ふざ》けた、やる気のなさげな笑みが浮かんでいる。だが、もしここに朋蘭が残っていれば、怯《おび》えてさえいたかもしれない。紅《あか》の瞳に浮かぶ、剣呑《けんのん》な眼光に。

「どーするよ？　これから」

悟浄は己に向けて問う。

答えは至極《しごく》当然ひとつしかなかった。

【AM0：00】

何《なに》かが始まっている。すでに。

理由のないその直感を三蔵はかけらも疑っていなかった。

離れの寝室を満たす静謐《せいひつ》にゆらぎはない。ベッドの上、三蔵は壁にもたれて窓から湖面を眺めている。夜風を避けて閉められた窓越しに、鏡のような湖面を望む。三蔵の右手には昇霊銃《しょうれいじゅう》が収まっていた。銃把《じゅうは》の重みが、掌《てのひら》になじんでいる。

眠りよりも安らかな静穏《せいおん》。

――かすかに、血の匂いがする。

どこからだ？　と思うと同時に、三蔵は右手を跳ね上げた。

窓へ銃口を向け、一気に全弾を撃った。五発。窓硝子が弾け飛ぶ。硝子の破片が散る。

がしゃーんという硬質な音が、遅れて聞こえた気がした。一瞬、人影が見えた。三蔵は感情を覗《のぞ》かせない淡然《たんぜん》とした目線を窓辺へ流す。撃った自分の判断に迷いはなかった。いつもそうであるように。

「おい、ちょい待て！　三蔵。俺だ、俺っ!!」

悟浄の声。……知るか。

「この部屋に近づいた奴は容赦なく殺す。そう言っておいたはずだ！」

窓枠から白旗を意味するように両手がのぞいていた。それを目の端に留《とど》めて、三蔵は慣れた手つきで昇霊銃《しょうれいじゅう》に弾丸を補充していく。割れた窓から風が吹き込んでくる。三蔵の前髪を揺らした。まったく不服げな悟浄の声が返ってきた。

窓枠に手をかけ体を持ち上げて、悟浄は室内に身を乗りだす。

「んなこと、こっちは聞いてねーぞ！」

「じゃあ今、聞いたな」

無造作に昇霊銃《しょうれいじゅう》を構える。悟浄へ向けて乱暴に照準し、三蔵は引金をひく。

再び五発。

ぎりぎりのタイミングで悟浄の姿が窓の下に消えた。

隠れ身の素早さはさすがのもの。触覚が生えてるだけはあるのかもしれない。窓枠の、悟浄が手をかけていた箇所に血が付いていた。べっとりと、決して少ない量ではない。月明りの揺れる湖面を背景に、血痕《けっこん》は映えて見えた。窓辺の壁の向こう、姿の見えない位置から悟浄が怒鳴り返してくる。

「待てって!!　一応、ケガ人様なんだぜ？　少しくらい労《いたわ》っても罰《ばち》は当たんねーだろが!!」

「貴様が悟浄であるという証拠が何処《どこ》にある」

根拠があって聞いた質問ではない。いや、何《なに》が起こってもおかしくない異質な今夜、というのが根拠だとも言える。三蔵はゆっくりと窓辺へ歩み寄った。すでに右手の昇霊銃《しょうれいじゅう》へ弾込《たまご》めは済んでいる。

「ンなもんなくたって俺は俺だろうが！」

「なるほど、本物らしい言い草だな」

窓枠に腰掛け、三蔵は下方を見る。裏庭の地面に座り込んで、悟浄が壁に背を預けていた。下腹部を中心に、衣服が血で染まっている。一目で明らかな死に損《ぞこ》ない姿だ。

無様《ぶざま》――と笑うところだが、三蔵は眉をひそめた。顎《あご》をあげ、悟浄が見上げてくる。

目が合う。見慣れすぎた紅《あか》の瞳に、珍しく真剣な光が宿っている。

「俺は紛《まぎ》れもない本物。ニセモンは……」

意味深な間。一呼吸ためた後に、悟浄は続ける。

「八戒だぜ」

わずかに意表を突かれたように、三蔵は眉を動かした。

言葉の意味をはかり心中で繰り返す。

（……八戒だと？）

紫暗の眼差しが孕《はら》む、不穏な色が刺々《とげとげ》しさを増す。

「その傷は偽《にせ》の八戒がつけたとでも言いたいのか？」

「言いたいんじゃなくて、事実そうなんだよ！」

苛立った様子で声を荒げる悟浄。三蔵は口を閉ざす。瞳から険《けわ》しさを消し、代わりに冷徹な色を浮かべる。悟浄は投げやりに顔を俯《うつむ》けた。紅《あか》の長髪が表情を隠す。疲れをにじませた声で、やる気なく告げた。

「ヘッ、別にいーや。てめェが殺されようが俺の知ったことじゃねーし。けどな……」

悟浄は再び顔を上げ、三蔵に視線を返す。三蔵は無言で受ける。

傍《はた》から見れば二人《ふたり》の間の殺伐《さつばつ》と相反《あいはん》した、それでいてどこか響きあうかの空気は、確かに普段と同じように感じられる、が……。悟浄は遊ぶところのない口調で、警告を口にした。ひとつの事実を。

「八戒には、あいつには気をつけろ」

言った後は、根比《こんくら》べをするように黙る。らしくない真摯《しんし》さ。だが、らしすぎるよりは怪しくない、とも言えた。三蔵は裏庭に目を向ける。さほど長くない間を過ごして、舌打ちをした。鋭くはないものだ。

「いつまでそこにいるつもりだ？」

地面に座る悟浄を見遣《みや》って、左手を下ろす。落ち着いた声で、

「うぜェんだよ」

「おっ？　やっと信じる気になったか？」

悟浄は軽い口振りで応じ、三蔵の手に掴《つか》まった。三蔵は左手を引いて体を起こしてやる。気の合った淀《よど》みない動作で悟浄は立ち上がる。悪《わり》ィな、と他意なく笑う。その眉間《みけん》に、三蔵は銃口を当てた。右手の昇霊銃《しょうれいじゅう》。撃鉄を起こす。引金に指をかける。

ごり、と捩《ね》じ込《こ》むように銃口を押しつける。悟浄は表情から色をなくした。

「な、何《なん》の真似だよ、三蔵」

「ミスったな、クソ野郎。てめェは偽物だ……!!」

三蔵は容赦なく舌鋒《ぜっぽう》を叩きつける。

「おい、何《なに》言ってんだ!? 見てわかんねーのかよ!!」

「なら、どうして俺の手を掴《つか》んだ」

「…………ああ？」

意味がわからない、と間抜け面になる悟浄。三蔵は確信を持って、

「貴様、俺が偽物だったらどうするつもりだ？」

「……どういうことだよ」

「もし俺がお前なら、ここにいる俺を信用しない。すでに一度本物そっくりの八戒に騙《だま》されてるんだからな」

「――――!!」

悟浄は真顔で息を呑む。
その様《さま》を、三蔵は首を傾《かし》げて銃身越しに眺め、感心さえ覚えた。
どこまでも本物に似すぎている。――こいつは、それが不運だと気づくだろうか。
最期《さいご》の瞬間までには。
「ちょ、ま、待てよ。三」
引金をひいた。
がうんっ!!
眉間に銃弾を食らって、悟浄の体が後方へ弾《はじ》け飛ぶ。
すべての流れが三蔵にははっきり見えていた。安心しろ、と考える。
(俺はお前を殺せる)
さらに引金をひく。
まだ宙にある悟浄の姿をしたものに着弾し、勢いが四肢を踊らせる。さらに、ひく。
二度、三度。
銃声が。
啼《な》き声のように夜気《やき》に吸い込まれていく。
悟浄の姿をしたものは裏庭の草むらに落ちた。

見る間に人の形をした土塊《つちくれ》へと変じる。乾き、崩れ、砂塵《さじん》となって夜風の中に舞い散る。何事《なにごと》もなかったかのように静寂が帰ってくる。

三蔵は右手を下ろした。くだらねェな、とそれだけを心中で呟《つぶや》く。

こんな茶番が待っていただけとは、軽く見られたものだった。四人が別々に離されたことを考えれば、全員に同じ三文芝居が仕組まれているのだろうが、引っかかるバカもいないはず。いや、バカが揃っているから、可能性はあるが……。

三蔵は、光の道のように揺れる湖面の月明りを、瞳に映している。

天には見えない月の姿。ここが異境であると強く認識させられる。誰かの夢の中にいるのにも似た。……目覚めれば、すべてが幻となって消えてしまう、そんな。

泡沫《ほうまつ》のような一夜だと、肌で感じている。

だからかもしれない。異変や危機を受けとめても、焦りや怒りが湧《わ》かないのは。

三蔵は窓に背を向けた。己の衣擦《きぬず》れのみが耳につく静けさが戻っていた。

邪魔ヲスルナ、と胸に残響がある。

短く息をつく。ふと法衣《ほうえ》の生地《きじ》に目を落とした。

小さく血痕《けっこん》が染みている。さきほど悟浄を撃った返り血だろう。

その染みもただの砂汚れとなり、衣のわずかな揺らぎに剥《は》がれ、零《こぼ》れていった。

「こんなのが、あと何体《なんたい》出てきやがる」

呟《つぶや》いて、金髪に手を差し入れる。面倒くせェと思いながらも、やはり行く必要があるか？　と自問した。

この夜を掌握《しょうあく》するもの。

すべての絃《いと》を引いている『主《あるじ》』のもとへ。

3章

MIDNIGHT II

そして、呼ぶ聲《こえ》が――

【AM0：30】

（舞いちる紅梅《こうばい》の花片《かへん》を眺めていた）
（つよい風。視界をうめつくす薄桃色《はくとういろ》の吹雪《ふぶき》に）
（むせ返るほどの甘い匂いに、悟空《ごくう》は息がつまるかと思う）
（風の音以外なにも聴こえない）
（ざあああああああ）
（花片《はなびら》の洪水にのまれているようだとおもう。きれいだけれど、こわい）
（魂までさらわれてしまいそうで）
（立ちつくしている。ここがどこだかわからないまま）
（幻惑されていた。まばたきすら忘れていた）
（紅梅《こうばい》の花の嵐。無限花片《むげんかへん》の渦）

（ざあああああああああ）

（たえきれず悟空は口をひらいた）

（叫び）

（――――!!　――――!!）

（聲《こえ》のかぎり叫んでも己の耳にすらとどかない）

（ざああああああああああああ゛あああ）

（花片《かへん》以外なにも見えない。こんな景色は知らない）

（見たこともない。だから）

（これは夢だ）

（ゆめ）

（或《ある》いは）


「……うわッ」

いきなり体が浮いたかと思うと、ぐるんと一回転した。

体に巻きつけていたシーツを乱暴に剥《は》がされる。目を開ける。あまりに急な世界の転換に頭が追いつかない。なんとか体を起こして、ベッドの上に胡座《あぐら》をかいた。欠伸《あくび》をして、寝惚《ねぼ》け眼《まなこ》をこする。ベッド脇に立つ人影を見上げた。降ってくる刺々《とげとげ》しい声。

「いつまで寝てやがる。このボケ猿」

馴染《なじ》んだ声。洋灯《ランプ》に照らされている金髪と金冠。

紫暗の瞳が自分を見ている。

(誰だ……こいつ?)

何故《なぜ》かそう思ってしまってから、そんな自分に「?」となる。

上向けた顔をそのままに、立っている三蔵《さんぞう》をまじまじと眺める。

法衣《ほうえ》をきっちりと着込み、頭に金冠まで乗せた正装姿。どこからどう見ても、悟空《ごくう》の知っている三蔵だ。なのに「誰だこいつ?」とまた脳裏に自分の声が浮かぶ。首をかしげて、
悟空はそばに転がっている枕を引きよせた。胸に抱える。枕カバーからかすかに花の匂い。

梅、だろうか? 眠る前にも嗅《か》いでいたように思う。だから、あんな、変な夢を。

悟空はさらに欠伸《あくび》をひとつ。花の匂いは、眠気《ねむけ》を誘う。悟空は自分が見ていた夢を思い返そうとするが、すでにあやふやになっていた。漠然としたイメージしか浮かんでこない。

ま、いーか、とあっさり放棄して、悟空はふと空腹を感じた。

「……なあ、もぉ朝メシ?」

三蔵に向けながら、まるで知らない人物に話しかけているような錯覚に陥《おちい》る。まだ夢の

中に片足を突っ込んでいるみたいだった。眠い。空腹のままでは頭も冴えない。だからだろうか。この変な感じ。違う、という確信。

「今はそれ処《どこ》じゃない。支度《したく》しろ、行くぞ」

三蔵は背を向け、扉へと歩いていく。その後ろ姿を眺め、ついで悟空は窓のほうを見遣《みや》った。窓枠に四角く切り取られた暗い景色。深夜だとわかる。眠くて当然だ。

「って外まだ真暗《まっくら》じゃんか。行くって何処《どこ》だよ？」

枕を放り、悟空は一杯に伸びをする。深呼吸。頭上へ伸ばした手を、力なく下ろす。

無論、その程度で眠気はとれない。それでも悟空は床に手を伸ばし、衣服を掴《つか》む。

扉の前で三蔵がふり返った。

「——この館の、主《あるじ》の居るところだ」

「あるじ？」

三蔵は扉を開け、出ていく。

主《あるじ》……、と三蔵の言葉を繰り返して、悟空はきょとんとする。

頭の芯に残る梅の匂い。微睡《まどろ》みを誘う。頭を振って、眠気《ねむけ》を追いやった。

一時的なものだろうが、今はそれでいい。

悟空はベッドから床に足を下ろす。

ふと、顔を窓辺へと向けた。今、なにか、

（――――？）


水上回廊から、岩山へと分岐する支道《しどう》。

先を歩く三蔵にすこし遅れて悟空は欠伸《あくび》をもらしている。

眠い上に、空腹。二重の厄介《やっかい》ごと。こういうの何《なん》て言うんだっけ、と悟空は限られた学術知識の中から、今の自分に相応《ふさわ》しい格言を見つけようとする。四字熟語ありで。だが、浮かぶのは「食われる前に食って食って食いつくせ」やら「拉麺大盛《らーめんおおもり》」やら「満漢全席《まんかんぜんせき》」やらの、ある意味では正解というものばかり。

「……あー、腹減ったなぁ」

歩きながら、離れを出てもう何度目《なんどめ》なるかわからない呟《つぶや》きをもらす。ぶらぶらと所在なく両手を振っている。湖面にたゆたう蓮《はす》を愛《め》でる余裕など、ありはしない。飯、眠い、飯、眠い、と片足踏み出すごとに小さく唱えていた。

まだ閉じ気味の悟空の目は、黙然《もくねん》と前を歩く三蔵の背中を見ている。それはいつもの姿。で。やはり「違う」と思ってしまう自分がいる。まったく理由のない確信。けれど、どこが？　と聞かれても答えられない。説明はできない。どれだけ目を凝《こ》らしても違うところは見つからない。でも、……あるいは確信の方が間違っているのだろうか？

（寝惚《ねぼ》けてんのかなー、俺）

回廊が途切れ、剥《む》き出しの地面へと着いた。

食事をとった御殿からは右手に見えていた岩山の麓《ふもと》。湖に面した岸辺に。

美観を意識して配されているかの樹々が立ち並んでいる。地面は土だが、よく手入れされているのか、きれいに均《なら》されていた。正面には赤い鳥居が見える。鳥居を越えた先に、山肌をじぐざぐに登る路《みち》が続いている。

「着いたぞ」

「え？」

足を止めて、悟空は岩山に目を向ける。

山の中腹より若干《じゃっかん》下に岩穴が見える。となりを伺《うかが》えば三蔵も、同じものを見ているようだ。御殿の主《あるじ》がいる場所にしては、少々趣味が悪いと言えた。けれど、他人の趣味に口をだす気もないので、特に感想は抱かない。

「あそこだ」

端的《たんてき》に告げて、三蔵は再び歩き出す。

鳥居を抜けて山路《やまみち》へ踏み入る。悟空は一度ふり返った。湖上の景観が一望できた。文様のように湖面に架かる水上回廊は、悟空の目にもよい眺めとして映る。歩調が緩《ゆる》やかになり、三蔵から引き離された。悟空は視線を前に戻して、足早に追いつく。

麓《ふもと》から見上げたのと違って、洞窟《どうくつ》の入り口は随分大きなものだった。境界線が引かれているように、入り口から向こうへは月光が届かず真暗《まっくら》だ。奥には質量ある『闇』が充塞《じゅうそく》しているのでは、とさえ見える。垂直に切り立った黒い水面のようだった。

三蔵はためらいなく闇の中に踏み込んでいく。

悟空も後に続く。入り口を越える寸前、闇に触れるように手を伸ばしたが、何《なん》の感触もなかった。無論のことだ。それでも、滑《ぬめ》る泥水に体を浸すような不快感がまとわりつく。

……その『闇』は確かに質量を有していた。明確な言葉として悟空は理解していないが、体がそれを読み取っていた。

悪意、という名の。

水面下を潜るように、悟空は洞窟の中を進む。『闇』が絡《から》みついてくる。

足場はしっかりとした岩肌だ。なのに奇妙な浮遊感がある。五感が毒されて麻痺《まひ》していくような気がした。なんとなく息苦しい。肌を刺す不快感。じりじりと炙《あぶ》られているようだ。――この場所は好きじゃない。

「なあ、こんなとこに何《なん》の用があるんだよ」

呼びかける。三蔵、と名を口にすることは何故《なぜ》かためらわれた。

返事はない。悟空の声は岩壁に反響することなく吸い込まれる。沈黙。無音。

なにもきこえない。

「なあっ、こんなとこに誰かいんの?」

語調を強めて、もう一度呼びかける。

返事はない。肌が焦《こ》げるような、強い不快感が離れない。

ヤバい、と本能からの警告が急速に浮上してくる。

悟空は周囲を見回す。夜目《よめ》が利《き》くはずの視界は、『闇』に覆《おお》われている。

両足を心持ち開き、腰を落とした。意識しての行動ではない。体が自然と敵に備える。

視覚に頼るのは無意味かもしれない。だが、これはただの夜闇《よやみ》ではない。感覚だけを頼りに周囲を警戒しようにも、それすら妨《さまた》げられる。

あらゆる方角から迫る嫌悪《けんお》すべき波動。

深く呼吸し、……焦んな、と自分に言い聞かせた。

悟空の足先に小石が当って転がった。

隙はなかった――はずだ。

背後から首筋に触れてくる冷たい両手。ッ!! と悟空は最高の反応速度で、振り払おうと動くが遅く。無防備な首を掴《つか》まれる。（やばッ）と思うより早く、冷たい手の肌触りが硬い鉄輪に変わった。同時に、じゃらんっ!! と鎖が鳴る。悟空に事態を把握する余裕を与えず、鎖は拒《こば》むことを許さない強さで体を引く。

「うっわッ!!」

鎖に引かれるまま、悟空は岩壁に叩きつけられた。

背中を打って、一瞬、呼吸が止まる。

慌《あわ》てて首の鉄輪に手をかけるが外せない。気づくと両手首も鉄輪に嵌《は》まっている。岩壁に繋がれた鎖を力任せに千切《ちぎ》ろうとするがびくともしない。なんだよコレ!! と喚《わめ》いて、次の瞬間あまりに明確な既視感《きしかん》に襲われた。知っている。忘れるはずがない、この感じ。

この場所の空気。奥深い闇の中に囚《とら》われ、たったひとりでいる感じ。

――五百年の孤独と似ていた。

『闇』が溶けるように薄らいでいく。

幕が上がる。と、そんなふうに。

ぼんやりと三蔵の背中が見えた。意外なほど近くに立っていた。声が届かなかったはずはない程の距離に。ゆっくりとふり向く。悟空が知っている三蔵だ。違うところは見つけようがない。なのに、まるで知らない他人のようだった。金色の髪も、紫暗の瞳も、憮然《ぶぜん》とした表情も、偉っそうな立ち姿も。悟空の知っている三蔵と、すべて一致する。

訳がわからない。なぜ自分は「絶対違う」と感じているのか。

「てめぇはな……」

三蔵が口を開く。

悟空のよく知っている声。

疑うべきところはない。すべてが同じだ。

でも。けれど。

「うぜーんだよ!! お前なんかいらねぇんだ!」

冷酷に突き放す三蔵の言葉。ぴく、と悟空は眉をよせる。

小さく、痛みを感じたように。

――――!!

次の瞬間、激しい怒りが沸《わ》いた。三蔵に、ではない。

自分にだ。

(…………全然ゼンブ完っ璧に違うじゃん)

すっと感覚が尖《とが》る。わかってみると笑ってしまう程単純なことだった。すべてが同じで
すべてが違う。どこもかしこもそっくりで、でもどこも似ていない。かけらも。まったく。

それだけのこと。……こいつは三蔵じゃない。

あの無二の存在と同じであるはずがなかった。

本能はとっくに知っていた。最初、一目見たときから。

眠気《ねむけ》にぼやけた理性で、考えてわかろうとしたから駄目だったのだ。

ほんのわずかでも痛みを覚えてしまうなんて!!

これまでで最高最悪最大級の屈辱《くつじょく》、だ。ぎり、と歯噛《はが》む。

悟空の様子に調子づいてか三蔵は更に続ける。

「お前なんかもういらねえんだよ」

お前なんかもういらねえんだよ。

声が重なって聞こえた。二人分《ふたりぶん》。三蔵のものと、もうひとつ別の男の声。耳にするだけで苛《いら》つく、精神に障《さわ》る声だった。悟空は闇の奥を睨《にら》む。三蔵の背後に誰かがいる。腕を伸ばし、お気に入りの人形を抱くように、三蔵の肩に手を回してくる。

肩口から顔を覗《のぞ》かせた。

仮面の男だ。

「どうだ、孫悟空《そんごくう》？　三蔵様にこんなこと言われて悔しいだろう？」

舐め回す声音《こわね》で愉快そうに告げ、仮面の男は甲高《かんだか》く笑った。

じゃら、と鎖が鳴る。悟空は無言で前へ踏みだす。鎖に引き留められる。無視して更に前へ出ようとする。鎖は軋《きし》みを上げるが切れることはない。悟空の首に鉄輪が食い込む。構わず両足に力を込めるが、地面を削るだけで前には進めない。呼吸が妨《さまた》げられる。それでも悟空は、全身で前へ出ようとした。——強く握られた両の拳。

喉と手を締める鉄輪のことなど頭からは消えていた。

純粋な衝動があった。

何《なに》に怒っているのか自分でもわからない。騙《だま》されたことに対してか、三蔵の偽物に対してか、悪趣味なやり口に対してか。もっと別の何《なに》かの為か。

わからない。

だからもう、こいつムカつく!! とそれだけの単純な理由でいい。

そう決めた。

鎖が邪魔だった。

「それは特注品なんだ。貴様はここで朽《く》ちていくしかないんだよ!!」

勝ち誇った仮面の男に、悟空はただ攻撃的な目線を投げる。

「どうだい？　この場所、五行山《ごぎょうさん》そっくりに作ったんだ。気に入って貰えたかな？」

「その三蔵もお前が作ったのかよ」

真正面から切り込む鋭さで、悟空が言い返す。揺らぎはかけらもない口調。

まったく予想していなかった言葉を受けたように、仮面の男は、言葉を無くす。口許《くちもと》に張りついた神経質な笑みが凍りつく。その反応に悟空は少しだけ胸がすっとする。あくまで、少しだけ。この程度で済ましてやる訳がない。

「お、お前、気づいていた、のか……ッ？」

「ったり前じゃん。最初からなっ！」

「負け惜しみを言うな!!　この三蔵様は本人そのものさッ、僕の最高傑作なんだっ!!」

「──駄目《ダメ》」

短く、いっそ醒《さ》めた口調で悟空が言う。悟空の『醒《さ》めた口調』などと言うものは、そう聞けるものではない。それはいつもの暴れっぷりより、よほど強い感情を覗《のぞ》かせていた。

悟空をよく知らない仮面の男でさえ、ふと息を呑むほどの。

「ダメダメじゃん、それ。ちっとも三蔵じゃねーよ」

「何《なに》……？」

「それのどこが三蔵なんだよ」

「どこが違うって言うんだっ!!」

先刻までの余裕も何処《どこ》へ、あっけなく激昂《げっこう》し仮面の男は声を荒げる。

悟空は、言わなきゃわかんないのか、とでも言うように、

「全部だよ。態度も匂いも、全然三蔵じゃねえよ」

偽物の態度、偽物の匂い。紛《まが》い物《もの》でしかなくて。

どれだけ上面《うわつら》を近づけようとも、嘘の利《き》かない芯は。核は。

――ひかり、は。

真似できない以上、何《なに》もかもが薄ぺらだ。

どうしてそれがわからない?

三蔵が三蔵なのは『三蔵』だから。

見ろ、こんなに単純。それは誰にも揺るがせない事実。

神であろうと複製なんてつくれない。

つくらせない。

「お前、三蔵のこと全然わかってないじゃん」

決定的な一言を、悟空はあっさり口にする。

仮面の男は、肩をびくっと震わせ、次いで口許《くちもと》の笑みを狂的《きょうてき》なものに変えた。三蔵から体を離し、前に進み出てくる。悟空に近づく。ゆっくりとした足取りが、ある瞬間、激しく地面を蹴った。

「黙れ……ッ!!」

髪を振り乱し、拳《こぶし》を振り上げる。鎖に繋がれ自由の利《き》かない悟空に、一方的に殴りかかる。悟空は瞬《まばた》きひとつしない。拳《こぶし》の軌跡をきっちり見届けた。充分に体重を乗せた重い一撃が、頬にめり込む。がんっ、と鈍痛。頑丈な悟空でも痛みはある。当然だ。だが顔には出さない。ただ仮面の男を見返す。苛立ったように、続けて拳《こぶし》が降ってくる。二度、三度、四度。口の中が切れたのがわかった。血の味がする。舌で切れた処《ところ》をなぞる。ちく、と刺すような痛み。

体の奥で燻《くすぶ》っている火種《ひだね》が、熱を増す。

「……五、……六」

執拗《しつよう》に顔を狙って殴られる。その回数を、悟空は丁寧《ていねい》に数えている。

「三蔵様を一番理解しているのは僕なんだ!!」

まるきり駄々《だだ》をこねる子供だった。平静を欠いた仮面の男は何度も拳《こぶし》をふり上げる。

嵐に翻弄《ほんろう》されるように、悟空の頭が左右に殴り飛ばされる。だが、悟空の両足は、すこしも動かない。地面を踏みしめ、その場所から一歩も退《ひ》かないでいる。

「僕なんだ!!」

「……七」

いい一発がこめかみに入った。

「わかってるのか？　僕なんだぞ!?」

「……八」

額に拳《こぶし》を受けて、悟空は低く呟《つぶや》いた。殴りつけた姿勢のまま固まって、仮面の男は狼狽《ろうばい》した声を上げる。拳越《こぶしご》しに見上げてくる悟空の目に、怯《おび》えを感じたように。

「なに？　何《なに》、数えてるんだ!?」

腕を引いて、数歩後退《あとずさ》った。

悟空は、血の混じった唾《つば》を吐き捨てる。顔を上げた。

「八発な。……覚えとくかんな」

その台詞《せりふ》の物騒さを悟って、仮面の男は、口許《くちもと》をひきつらせた。

ゆらりと陶酔《とうすい》した足取りで三蔵に向かい、動力が切れたように無表情で立っているその頬に指を這《は》わせる。反対の手で悟空を指差し、耳元に口をよせてはっきりと囁《ささや》いた。

「三蔵様、こいつ可愛《かわい》くないよ。……殺しちゃっていいや」

指令を忠実にこなすだけの人形然とした動きで、三蔵が歩きだす。

近づいてくる。両手が悟空の首に絡《から》みつく。容赦なく力がこもる。三蔵の顔はどこまでも、つくられた無表情だ。

悟空は、胸のうちにわだかまる強烈な感情の正体がわからない。無論、それは怒り。だが、馴染《なじ》みのない怒りだった。嫌悪感や、見下す気持ちが入り混じっていて――。

突きつめれば、ただ許せない、という思いになった。

「どう？　僕の三蔵様に殺されていく気分は？」

余裕をとり戻した仮面の男が愉しそうに詠う。

「これでわかったろ？　三蔵様はお前のものじゃない。僕のものなん」

闇を裂く銃火《じゅうか》。

三蔵の――、偽物の三蔵の目が見開かれた。後部から撃ち抜かれて額に穴が空いている。ぐらりと体勢を崩し、悟空に寄りかかるように倒れてくる。弾痕《だんこん》を中心に、体に亀裂が広がっていく。悟空の見る前で、それはただの土人形になり、岩壁に当って粉々に砕けた。ばらばらと土塊《つちくれ》が地面に降る。

「俺が誰のものだって？」

無慈悲な声が妄言《もうげん》を断つ。

「……三蔵！」

一瞬。

夜が明けたのかとおもう。

——きんいろがまぶしくて。

眩暈《めまい》のような既視感《きしかん》。ここが、あの場所に似ているせいだろうか。

洞窟《どうくつ》の入り口に立ち、昇霊銃《しょうれいじゅう》を構えている三蔵が見えた。法衣《ほうえ》は着ているが金冠は乗せていない。それは三蔵だ。本物の、という言い方すらおかしい。そこにいるのは、ただ、三蔵だった。紛《まぎ》れもなく。

「三蔵様」

仮面の男が、感情を無理に殺した声で呼び、入り口に向き直った。

そこに秘《ひ》された思いは何《なに》？　押し殺しきれず、かすかに肩を震わせるものは。

「どうしてここがわかったんですか？」

「そのバカの声は、よく聞こえんだよ」

説明を一切《いっさい》はぶいて三蔵は無愛想に告げる。

悟空すら、三蔵の言っている真意はよくわからない。

「煩《うるさ》くてかなわねぇ」

それだけが理由。

……だから来たのだと。

三蔵は、銃口を仮面の男に向けた。

果てしなく温度の低い舌鋒《ぜっぽう》を叩きつける。

「おい、これ以上回りくどい真似はやめろ。狙いは俺だろうが」

「そう……。でも誤解しないでください」

返す言葉に滲《にじ》むのは歓喜の類《たぐい》であるように見えた。

「僕の目的は三蔵様を殺すことじゃないんです」

「黙れ、変態野郎!!」

洞窟内に銃声が響いた。

命中する寸前、仮面の男はトンッと軽く地を蹴った。その姿が宙にかき消える。狙いを外した銃弾は後方の石筍《せきじゅん》に当たった。宙を割ってまた姿を現わし、着地する。空間を飛び越え、三蔵の手前ごく近い距離に。

覗《のぞ》き込むように身を乗りだして、仮面の男は口の端を歪《ゆが》めた。

懐《なつ》かしみ、憐《あわ》れみ、愉《たの》しむ口調で。

「相変わらず気が短いなあ、三蔵様は。三年前と全然変わってないや」

「三年前だと？」

「あれえ？　僕のこと覚えてないんですか？」

「曲芸団に知り合いはいない!!」

苛烈《かれつ》に言い放ち、三蔵は昇霊銃《しょうれいじゅう》を連射する。仮面の男も、連続して空間を跳躍。消失と出現を繰り返す。あちこちで反響する哄笑《こうしょう》が耳障《みみざわ》りだ。岩壁に当たった銃弾が火花を散らせる。何度《なんど》めかの出現にタイミングを合わせて、銃弾が標的を捉《とら》えた。仮面の男の胸に血の華が弾《はじ》ける。撃《う》たれた勢いのまま後方へのけ反《ぞ》る。

背中から地面に倒れた。

――――動かない。

銃声の余韻が、かすれていく。しん、と静まる。

昇霊銃《しょうれいじゅう》から零《こぼ》れた薬莢《やっきょう》が跳ねて金属音を奏でた。

あっけなさすぎる、か？

幾らかの間のあと三蔵は死体に歩みより、屈《かが》み、手を伸ばし、仮面に指をかけて乱暴に剥《は》がして、

「……ッ!!」

息を呑んだ。

仮面の下には、光明三蔵《こうみょうさんぞう》、忘れるはずがない師の顔が、

『あーあ、殺しちゃった』

上方から降ってくる、愉快《ゆかい》げな声。三蔵は黙して応じない。やがて、最高僧の肩書きを足蹴《あしげ》にする極道じみた剣呑《けんのん》さで立ち上がった。洞窟内を見回すが、もはやどこにも仮面の男の姿は見えない。声だけが虚《うつ》ろに響いている。足下で、ぴきぴきと土が乾いて罅割《ひびわ》れる音がしていた。

「……随分舐《な》めた真似してくれるじゃねェか」

凄絶《せいぜつ》な笑みさえ浮かべて三蔵は吐き捨てる。見下ろせば、光明三蔵《こうみょうさんぞう》の姿が見る間に土人形へと変じていく。それはさらに乾き、砂塵《さじん》となり、無風の洞窟内にあって静かに舞い散っていった。

『お気に触れました？　でもこれもみんな貴方《あなた》のことを思ってのことなんですよ。三蔵様』

「出てこい!!　この下衆野郎《げすやろう》!!」

『僕はこの上にいます。待っているから。僕はずっと三蔵様が来てくれるのを、待っていたんだから…………』

三蔵の言葉にはとりあわず、声は一人《ひとり》芝居じみた台詞《せりふ》を刻む。

どこか憐《あわ》れみを誘うような、自己陶酔しているかの口調だった。

「――ちッ!!」

人を殺せそうな舌打ちをして、三蔵は土人形の跡に残ったものを目に留める。

それは橙色《だいだいいろ》の紙飛行機。

踏みつぶした。

洞窟の入り口から上へ路《みち》が続いていたはず。あれを上がってこいと言うのだろう。

上等だ、と見遣《みや》って三蔵は、愛銃を右手に下げたまま外へ向かう。歩きながら撃鉄を早くも起こしている。いつでも撃てるように。何《なに》より今の三蔵自身が、銃などよりも、よほど危うい。コロスコロスコロスコロス……、と殺意の叩き売り状態である。

「三蔵っ!! 俺を忘れてくなッ!!」

きっぱり放置されていた悟空は、置いてかれまいと慌《あわ》てて声をかけた。腕を振り回す。じゃらじゃらと鎖が鳴る。三蔵は、ふと足を止めた。だが無視を決め込んで、再び歩きだす。悟空はさらに騒ぎ立てる。鎖と格闘するが、やはりひとりでは如何《いかん》ともしがたい。

「おい、三蔵!! ってば!!」

――背筋に寒気《さむけ》!

ぎらっ、と三蔵が殺人光線並みの目線をくれる。

「うるせェ、バカ猿!!」

情け容赦ない銃声と、問答無用な銃声と、やつあたり気味な銃声が轟《とどろ》いた。

ガウンッ!!×3
弾《はじ》けとぶ首と両手の鎖。術が解けたように鉄輪も消える。

なのにまだ繋がれた姿勢のまま固まって、悟空は、はっと我をとり戻した。

長い吐息をつく。

「……サンキュな、三蔵」

ふん、と三蔵は撃ち損なって狙いを外したとでも言うように、不服げな顔。

まるきり悟空を置き去りにする勢いで、路《みち》に向かう。首と手首をほぐした悟空は、先刻までの怒りも何処《どこ》へ、三蔵と夜中の散歩でもするようにタッと軽く駈けだした。すぐに追いつき三蔵のとなりに並ぶ。

あたりまえのように。

間違えるはずのない場所。

【AM1：00】

立ち上がり、数歩進んだところまでは覚えている。

そこでまた気を失ったらしかった。出血多量の貧血か何《なに》かで。

（振出しに戻る、かよ？）

樹の幹にもたれた姿勢で、再び目を覚ましたとき悟浄《ごじょう》はそんなことを考えた。

全身が冷たい。自分が冷え性だったかどうか思い返そうとするが、意識が焦点を結んでくれない。ねえ、知ってる？　指先が冷たい人は心が温かいって言うわよ。そういって自分の手に触れた女がいたことを
――おいおい、走馬灯《そうまとう》してる場合じゃねーっての。

そばに朋蘭《ほうらん》がいた。手に包帯や薬を持っている。倒れている悟浄を、彼女がこの場所まで戻したのだろう。どこから持ってきたのか、と訊《き》こうとして、朋蘭の頬が赤く腫《は》れているのに気づいた。それで察しがつく。恐らくはご主人様の元から目を盗んで、だ。

森の静けさが今は逆に苛つきを招く。

地面に触れている片手の指を立てて、がり、と土を掻《か》いた。指先に鈍い痺《しび》れ。やり場のない感情がある。こんなとこで何醜態《ナニしゅうたい》ひけらかしてんだ、という。

「カッコ、悪《わり》ィな……」

がさがさに喉が荒れていた。何《なん》とか声を絞りだす。

格好が云々《うんぬん》という問題ではない。今のところ三下《さんした》に腹をぶっ刺されたも同然の、情けない役回りだ。挙げ句、敵であるはずの女に救われていては世話はない。

ハッ、と悟浄は咳《せ》き込むように笑う。いっそ道化《どうけ》らしく、

「……こんなだらしねぇ姿、女の前に晒《さら》すなんてな」

「応急処置しかできませんけど……」

すまなそうに言う朋蘭の手当を受けながら、悟浄は、今が何時《いつ》なのかふと気になった。

深夜であるのは確かだ。ただ二度の空白の間にどれくらいが過ぎているのか。森の空気はまだひやりと冷たい。夜明けは遠いと思うべきだろう。

他の奴らはどうしているのか。陰険なやり口を好む『ご主人様』のようだから、たぶん似たような状況が全員に起きているはず。……八戒《はっかい》や三蔵あたりに、自分の偽物がなぶり殺される様なら容易に想像できる。いや、悟空も同じか？

悟浄は何となく眉をしかめた。気遣《きづか》って朋蘭が、大丈夫ですか？ と聞いてくる。目を上げて、平気だ、と示した。朋蘭の気遣いは誤解からのものだが、丁度いいとそれを会話の糸口にした。深く息を吸うと肺が痛んだ。悟浄は言葉を乗せて吐きだす。

「なんで俺を助ける気になった？」

そして、朋蘭の長い身の上話が始まった。

わたし、死ぬのが恐かった。でも、本当は一カ月前《いっげつ》のあの日に、わたしは死んでいるんです。あの男は……、静かに暮らしていたわたしたちの元に、人のよさそうな顔で近づいてきました。そうです、今のわたしの主《あるじ》です。あの男は父に取り入って一晩の宿を借りたいと申し出ました。優しかった父は人間であっても差別することはなく、快《こころよ》くそれを許しました。でも、それは間違いでした。

あの男はその夜、油断していた父を殺しました。それから、屋敷にいた無抵抗の妖怪たちを次々と虐殺《ぎゃくさつ》していったんです。斧《おの》を振るい、何かの儀式のように、一人《ひとり》殺すごとに数をかぞえながら。わたしを守って、みんな殺されてしまいました。わたしはただ震えることしかできませんでした。

『996、997、998、999……!』

『……う、うう……っ』

『喜びなよ。あんたが栄《は》えある千人目だ』

『や、やめて……っ!』

『へえ、あんた禁忌《きんき》の子か。けど、妖怪には違いないよね』

『——朋蘭様に触るなぁぁッ!!』

『ん？ 他にもまだいたのか。まあいいや、お前でもっ』

『嫌《いや》───ッ!!』

『これで千人！　僕は妖怪になったんだ!!　ハハッ、ハハハハハハハッ!!』

千人の妖怪を殺し、目的を達したあの男は、逃げることもできなかったわたしの前に膝をつきました。王の娘であるわたしの力を見込んで、利用する気になったんです。笑っていました。あの男は笑いながら、わたしの胸に呪符《じゅふ》を植えつけました。生きたままあの男の式神にされてしまったんです。

「わたしなんか、生きてるなんて言えないんです……」

最後まで聞きおえて悟浄は、朋蘭を労《いたわ》るでもなく、ただ呟《つぶや》いた。

それを言うなら俺だって十年前に死んでいたはずだった、と。

胸の痛みは麻痺《まひ》していて、その独白《どくはく》は何《なん》の感情も呼び起こさない。それは慣れなのか、それとも正常な神経が狂っているのか？

自分はとっくに死んでいたはず。殺されてもいいと思ったあの時に。

もう母親の涙も自分をなじる声も聞かなくて見なくて済むのならそれもありかと。

おれのいのちをあげるからかあさんどうかすこしでいいからおれのことを───。

そう思って。

けれど、今も生きている。生《せい》を手離そうとしない。

それは何故《なぜ》だ？

（不様《ぶざま》に生きてるのがお似合いだから、かもな。案外）

生きることは悪足掻《わるあが》き、そんなことを言っていたのは確かあの鬼畜坊主《きちくぼうず》だ。何《なに》あの野郎の台詞《せりふ》なんざ思い出してんだ、と自分にどっと疲れを覚える。ひどい疲れだ。肩に乗しかかって、全身がだるい。起きていられない。すーっと意識すら遠のいていく。

？　と首をかしげたくなった。三蔵の言葉を思っただけで、ここまでダメージを受けるかと自分でも不思議になる。……いや。

違う。これは心理的な疲れなどではなくて。

洒落《しゃれ》ではなくて。

血が多量に失われ、生命が削《けず》られていく証《あか》しだ。

「あ、ヤベ。目の前が真暗《まっくら》になってきやがった——」

ひねりのない台詞《せりふ》を吐いてるな、と自覚ならあった。けれど、そこまで気は回らない。

逃れようのない不吉な眠気《ねむけ》に襲われている。

これまでのものとは違うとはっきりわかった。

これは、ヤバいやつだ。

「悟浄さん!?」

――しっかりしてくださいっ、悟浄さん!!

不安げな朋蘭の声が遠くなる。

寒い。指先の感覚がない。

下腹部を中心に広がる痛みは、もはや痛みを通りこして『寒波《かんぱ》』と感じる程だった。結構効《き》きそうな薬と、包帯で応急処置は済んでいるというのに。目が霞《かす》む。森の景色と入れ替って、三途《さんず》の川でも視《み》えてきそうな勢いだ。

こんな処《ところ》でくたばったりしたらどうなるか。性悪《しょうわる》なあの連中に指を差されて笑い物になるのがオチに決まっている。冗談ではなかった。悟浄は、気合いを入れて身を起こそうとした。自分の体ではないみたい、で。

朋蘭が体を支えようとする。

樹の幹に手をついて、立ち上がろうとした。樹肌《きはだ》に爪が食い込む。それで目が覚めるのなら一枚や二枚は剥《は》がれても構わない。ますます意識が薄れていく。三人があざ笑う声が幻聴で聞こえる気がした。

けっ、赤ゴキ野郎のくせに意外とあっけなかったな。これは三蔵。そういうのじゃないって証明したかったんじゃないですか？　これは八戒。なーなー俺ハラ減った、早く次の街行こーぜ。これは悟空。

まだまだ続く。

（……なんだよ、コレ。すげームカつくんですけど）

ぜってー死ぬか、バカ。

そう思ったのを最後に、悟浄の意識は途切《とぎ》れ

【AM1：30】

殺意の残滓《ざんし》が胸の奥にわだかまっていて、腫瘍《しゅよう》のように理性を圧迫する。

すべてゆだねれば狂気などたやすく手に入る。けれど、そうしないのは――……。

ふと明滅する思考。途切《とぎ》れがちに耳に届く音から、八戒は森の中に運ばれたことを知った。地面に横たえられている。御殿をとり巻いていた森のどの辺りなのかはわからない。

樹々のざわめきに紛《まぎ》れ、土を掘る音がする。

何《なん》の為に？　それは手際《てぎわ》よくしばらく続いた。

雨音はもう聴こえない。

土を掘る音がやんだ。悟空の軽快な足取りが近づいてくる。襟首を掴《つか》まれた。

ずるずると引き摺《ず》られる。

（……ああ、そうか。僕の墓穴を掘ってくれてたんですね）

悟ってから、ご丁寧にどうも、などと悠長《ゆうちょう》なことを考えた。首から下に力が入らない。喉に締められた手の感触が残っている。細く呼吸を繰り返す。体はもっと多くの活力を要求しているが、それはまだ無理だ。

引《ひ》き摺《ず》られる痛みがないのが、いいのか悪いのか。後で大量のばん創膏《そうこう》がいりますね、きっと、と予想を立てた。けれど、どれくらい残っていた？　前の街で悟浄に買い足しを頼んだのに、彼はすっかりきっぱり忘れていて……。

そんな暢気《のんき》な思い返しの裏側で、冷静に自分の回復ぐあいを計算している。

（――まだ）

充分な力は戻っていない。

ふだんの半分程の威力の気孔波《きこうは》を一度放つのが限度だろう、と読んだ。

「ンしょっ、と！」

悟空は――、偽の悟空はかけ声とともに、八戒を放りだした。地面に掘られた穴の底へ。

あの短時間でよく掘れたと感心する、立派な墓穴だった。肩から落ちて、痛みを覚えた。

感覚が生き返っている証拠だ。呻《うめ》きを殺して、知られないようにする。

偽の悟空は鼻歌まじりに笑みをこぼしていた。

すらりと細長いものを引き抜く気配《けはい》がする。おそらく長刀《ちょうとう》の類《たぐい》だろう。きっちり止《とど》めを差す気だ。悟空らしくない念の入れように加えて、刃物を使うという確実性を重視する賢いやり方だった。八戒はごく微《かす》かに笑った。

時機《タイミング》を計る。

たった一度、それを逃せば形勢不利になる。二撃目を放つには時間もかかる。

気づかれないように掌《てのひら》に力を集中させていく。偽の悟空は愉《たの》しげでありながらも、こちらを警戒している。息があるうちは、まだ気を抜かないということだろう。高く評価されているようで、悪い気はしない、が……。

どうする?

ひゅん、とかすかに風が鳴った。

長刀《ちょうとう》を振り上げた音だ。地を踏む足音と重なって、

(――来る)

もはや迷う余裕はなく八戒は一息に全身の『気』を掌《てのひら》に集中させる。偽の悟空にかわされる確率はおよそ半々だろうと適当に判じて、要するに一《いち》か八《ばち》かの攻撃なのだが「ま、なんとかなるでしょう」とまるきり他人事《たにんごと》に思って、

目を見開いて、
白い翼が偽悟空の顔に張りつくのを見た。

「……白竜《はくりゅう》!!」

「うわっ、何《なん》だよコイツ!!」

不意のことに驚いた声を上げ、払いのけようとする。だが白竜はしぶとく翼を羽撃《はばた》かせ、偽物の顔に噛《か》みつき視界を遮《さえぎ》る。――十秒にも満たない時間。

充分だ。

「離れるんです、白竜!!」

その声と同時に白い翼が飛び立った。

立ち上がり、八戒はすでに狙いを定めている。もはや外しようがない。

掌《てのひら》に生まれた光球に照らされ、偽物はただ呆気《あっけ》にとられている。

それを冷静に一瞥《いちべつ》して八戒は最大まで高めた気孔波《きこうは》を放った。ドウッ!! と夜闇を貫いて光芒《こうぼう》が疾《はし》る。小柄な体を光が飲み込み、絶叫すらかき消し、塵《ちり》ひとつ残さず跡形《あとかた》もなく、

……きれいに消滅させた。

唯一あとに残ったのは地面に転がる長刀《ちょうとう》。

やり過ぎというくらい丁寧《ていねい》な、存在の抹消だった。

——なんだ、意外と脆《もろ》いですね。

八戒は拍子抜けしたように首をかしげた。やはり本物の頑丈さとは比べるべくもないということだ。見かけ倒し、張り子の虎、そんなもので。苦笑して、ぱんぱんと衣服の汚れを払った。暗い樹影の間から白い翼が降りてくる。白竜が嬉しそうな鳴き声を出して肩に止まった。

「やれやれ、ですね」

感謝するように翼を撫で、八戒はすこし疲れた様子で呟《つぶや》いてみる。

白竜に触れていた右手をおろし、ふとそこに目を留めた。「キュイ?」と白竜が細い首を伸ばして覗《のぞ》き込んでくる。どうしたの? と小さな眼が八戒に問いかける。

油性ペンのインクも落ちて、そこにあるのは本来の手相。

八戒は柔らかく頬笑んだ。

「占いもアテにはなりませんね」

軽く握った。

意識を切り替えるように、手を下ろす。周囲を見回す。

鬱蒼《うっそう》と樹が生い茂っていて、御殿がどの方向にあるのかも見えない。

八戒に倣《なら》って白竜もあちこちへ顔を向ける。

ひとまず、適当に動いてみるしかないようだった。同じく森に来ている者がいないとも限らない。運がよければ誰かを拾えるかもしれない。問題は、その場合に偽物かどうか確かめる為、とりあえず気孔波《きこうは》を一発撃ったほうがいいのかどうか。

「……さてと、みんなを捜しにいきますか」

撃ったほうが、いいのかどうか。

【ＡＭ２：００】

岩肌を削っただけの山路《やまみち》が、総檜造《そうひのきづく》りのなだらかな回廊に続いていた。視線を向ければ中腹の社《やしろ》に近づいているのだとわかる。そこが目的の場所。

だが、回廊は屋根が架かっていて、角度によって社《やしろ》はすぐ見えなくなる。三蔵は、さして興味もないように、顔を前に向け直す。発する言葉はない。少し遅れてついてくる悟空が時折なにか声をかけるが、相手にせず黙殺する。

——僕はこの上にいます——

苛つく物言いに気をとられ吟味《ぎんみ》にせずにいたが、思い返すと聞き覚えある声だった。

——待っていたんだから——

熱に浮かされたような口調。無論、妄想にとり憑《つ》かれた変質者などに知り合いはいない。

だが、妄想でないとすれば。三年、と仮面の男は告げた。仮面をつけている理由は、少ない情報でも思いださせたいからか。三蔵は記憶を探る。その行為自体が、相手の策に乗せられているようで、癪《しゃく》に触った。見落としはないかと、洞窟でのやりとりを脳裏でもう一度なぞる。そして、あることが――

地に落ちた橙色《だいだいいろ》の紙飛行機を踏みにじった。

――記憶と重なる。

（晴天に舞う橙色《だいだいいろ》の紙飛行機を綺麗だと言った）

『何《なん》だ？』

記憶との相似《そうじ》。それは偶然でなければ、無意味でもないだろう。あきらかな意図があって仮面の男は紙飛行機を……、それも橙色《だいだいいろ》の紙飛行機を偽物の核として使っているはず。三蔵に対する揺さぶり、と考えても説明はつくが、その裏にある真意を読む必要があった。

斜陽殿《しゃようでん》、長安《ちょうあん》の寺院。三年前、という単語と結びつく地名を洗いだす。

自分はどこで奴と会っている？

回廊が途切れ、社《やしろ》の前庭《まえにわ》に出た。

砂利《じゃり》が敷かれた前庭《まえにわ》を渡る。足を忍ばせることはない。どうせ、相手にはすべて見通されているだろう。別に構わなかった。不意討ち、奇襲、など端から頭にはない。悟空がとなりで社《やしろ》を見上げている。御殿から小さく見えていたのと違い、それは十分な壮麗《そうれい》さを誇っていた。

短い石段を上り、観音開《かんのんびら》きの扉の前につく。

三蔵を伺《うかが》って、悟空が扉を押し開けた。重厚な外観と違い、意外なほど軽く開いた。内側は暗い。一切《いっさい》の灯火《ともしび》を吹き消したかの真闇《まやみ》だった。ためらいなく二人《ふたり》は踏み込む。床板は固く、軋《きし》みひとつ上げない。ぞっとするような静けさ。

「来てやったぞ‼　変態ストーカー野郎‼」

闇をうち払う鋭さで、三蔵が声を放つ。広い空間に響いた。

向かいで扉の開く音がした。誘っている。

奥へ来い、と。

舌打ちで応じて、三蔵は足を踏みだす。

一歩足を出すごとにカサッと音が立った。

扉をくぐり、入った室内はやはり暗い。充分に広いが、私室のような雰囲気がある。おそらくは、仮面の男の。

足裏に何《なに》かを感じる。掠《かす》れた音は、それが立てている。

床の上に散蒔《ばらま》かれてものがある。

「……なんの音だ？　これ」

悟空が訝《いぶか》しげに呟《つぶや》いた。確かめるように、あちこちに足を出す。その度に音がする。三蔵はすでに見当がついていた。洞窟内で同じ音を聞いていた。踏みつけた音を。相手の狙いは何《なに》か、と今はそれが気にかかる。暗がりの中に薄明りが差し込んできた。窓から零《こぼ》れる月明りが室内を照らす。床の上のものが月光に浮かび上がった。

――一面の紙飛行機。

敷きつめられている。数え切れない。何《なに》かの冗談のような光景だった。すべてが手製なのだとしたら、途方もない時間が必要だ。時間と、熱意が。たぶん、狂的《きょうてき》なまでに。見るものによっては美しさを覚える光景かもしれない。だがこの場にいる限り、それは絡《から》みついてくる薄気味悪さを孕《はら》んでいた。

「なんだっ、これ!?」

「余程《よほど》の暇人《ひまじん》だな」

同じような台詞《せりふ》を繰り返す悟空に、三蔵は憮然《ぶぜん》と吐き捨てる。

粘り気のある忍び笑いが室内に流れた。窓の前に浮かぶ影。飾り立てられた椅子に座る仮面の男の姿。忽然《こつぜん》と現れたかのように、そこにいた。肘掛けに寄りかかり、気怠《けだる》げな様子で掌《てのひら》に顎《あご》を乗せている。くくくく、と耐え切れずに喉からもれる笑み。

「ようこそ、三蔵様」

喜びにあふれた声音《こわね》だ。三蔵は険しく目を細めた。誰彼《だれかれ》かまわず威圧する空気をまとって、足を踏みだす。紙飛行機のつぶれる音。だが、そこに何の感慨も浮かばない。ただ耳《みみ》障《ざわ》りなだけだ。

「ずっと待っていたと言ったな。俺に何《なん》の用だ」

三蔵の言葉に、仮面の男は失望したとでもいうようにため息をつき、足を組みかえた。己の絶対有利を疑っていない風情《ふぜい》だ。顎《あご》を乗せた手の指を動かして、頬に触れる。

「まだ僕のこと思い出さないの？　やだなァ、三蔵様」

「二度も言わせるな。俺は曲芸団に知り合いなどいな——」

ふと、なにかが引っかかる。

(何《なん》だ？)

記憶が揺さぶられる。

押しよせてくる。

『―――――――』

『――……』

『――から――の――――』

『――？』

『――』

『……――蔵様に――――――――』

『――――、名は？』

『法名《ほうみょう》は……、――――』

『――』

三年前。長安《ちょうあん》の寺院。僧に連れられた若者。

浮かび上がる。過去。

「そうか、貴様は」

すべてが結びつく。仮面の男の正体。三蔵のことを、そして悟空のこともよく知っていておかしくない人物。紙飛行機のことも。それはそうだ、その者は確かに三蔵のごく近くにいた。三蔵の身の回りを世話する役目を任じられて。

当然、名も覚えている。

「……やっと思い出してくれましたか」

男は、ゆっくりと仮面に手を伸ばし、外す。紫の長髪も仮面の一部であったらしく、仮面とともに頭からずるりと落ちた。あらわになる線の細い面立《おもだ》ち。酩酊《めいてい》しているかの虚《うつ》ろな両眼。妖怪の証《あか》しである文様状の痣《あざ》と尖《とが》った耳に、惑《まど》わされそうになるが。

それは紛《まぎ》れもなく、あの若者。

常に三蔵とともに在《あ》ろうとした。

すべてを抛《なげう》つかの献身的な眼差しを思い出す。

「貴様は、——呉道雁《ごどうがん》!!」

きつく断定する三蔵。

眼を丸くして悟空が男を見返した。

「道雁《どうがん》？　道雁って、あの!?」

「……そうだよ、孫悟空。お前ら下賤《げせん》の妖怪と会うのも久しぶりだ」

表向きは懐かしむ口振りだが、そこには明らかな侮蔑《ぶべつ》が込められている。敵意よりも質が悪い、不快な感情だ。醜《みにく》く負の熱狂をあらわにした道雁に、三蔵は違和感を覚える。記憶の中の道雁からかけ離れている——？　いや、とも思う。

そうじゃない。

そうじゃなかった。

「三蔵様。僕は金山寺《きんざんじ》に伝わる符術《ふじゅつ》を体得し、誰よりも強くなりました」

「僕は禁忌《きんき》の子の血で髪を赤く染めました。これで悟浄と同じでしょ？」

「僕は千の妖怪を殺し血を浴びて妖怪になりました。これで猪八戒と同じでしょ」

「そして僕はずっとずっと三蔵様のそばにいました。その悟空を拾ってくるずっと前から」

「三蔵様、教えてください。僕以外の誰が三蔵様の従者として相応《ふさわ》しいというんです？」


泣くな。


「くだらねえ」

三蔵は険《けわ》しく切って捨てた。

従者として相応《ふさわ》しい――。連れの顔ぶれのせいで、そんな言葉が存在していることすら忘れていた。「従者」という範疇《はんちゅう》からもっとも程遠い者が揃っている。けれど、道雁はその三人と比べて己のほうが「相応《ふさわ》しい」と言う。

疲れることを言うな、と思う。それは笑えもしない勘違い。

『こいつらと比べたら、ヤク中の廃人の方がまだ従者に相応《ふさわ》しい』

と、教えてやろうとして止《や》めた。

不毛だ、と思ったのもあるが、道雁が不審なそぶりを見せたからだ。奇術のように手の中に、小さな物を現わした。何《なに》かの装置。ボタンが付いている。道雁の指はそこにかかっている。にいっ、と三日月《みかづき》のように嗤《わら》う道雁に、危険を嗅《か》ぎとる。

「三蔵様を救えるのはこの僕しかいない」

見せつけるように道雁は三蔵と悟空へ向けて、装置を掴《つか》んだ手を突き出した。

「そうでしょ。……三蔵様」

狂的《きょうてき》な笑みをさらに大きなものにする。耳障《みみざわ》りな哄笑《こうしょう》を上げる。

正気あるものが浮かべることはできない歪《ゆが》んだ様相《ようそう》だ。壊れている、あるいは何《なに》が欠けてしまった印象を与える。張りつめていたものが切れて、けれど、どこへも向けようがない熱情を抱えているような。

壊れた思いを胸の奥にしまって、そのまま腐らせてしまったような。

道雁の指に力がこもる。ボタンが押し込まれる。

床をけり三蔵は身を翻《ひるがえ》した。扉に向かい廊下に走り出る。悟空も後に続く。背中越しに、カチッ、という音が聞こえた気がして。

盛大に吹き上がる爆炎《ばくえん》と爆風《ばくふう》と、

気違いじみた哄笑《こうしょう》。

何《なに》もかもすべて傷つけ痛めつけずにはおれない激しさで荒れ狂う。荒れ狂う。荒れ狂う。

――――。


(泣くな)

【……3years ago】


傾いた午后《ごご》の陽光《ようこう》が寺院の廊下に差し込んでいた。

濃い陰影が廊下を歩む三蔵の視界を鮮やかに切り取る。公務を逐《お》えて自室に戻る途中、誰かに呼び止められた。老年の僧だ。背後に年若い男を連れていた。三蔵と目が合うと若者は、叱責を受けたように顔を伏せた。三蔵は不機嫌にひそめっぱなしだった眉頭《まゆがしら》をゆるめる。くだらない公務――というより雑事に従事させられた後はいつもこうだった。

それが気の弱そうな若者を威圧してしまったと気づいて。

すでにつきあいも長い老僧は、そんな三蔵に頓着《とんじゃく》せず、慇懃《いんぎん》に深く頭を垂れる。玄奘《げんじょう》三蔵《さんぞう》に対する儀礼として、当然といっていい振舞だが三蔵はそれを煩《うるさ》そうに黙殺した。長安の寺院に身を置くことによる、そういった些事《さじ》のすべてが三蔵には無駄事でしかない。

老僧は後方へ目配《めくば》せをして、若者を三蔵の前へ進ませた。

「本日よりこの者が三蔵様の身の回りの世話をすることになりました」

「……よろしくお願いします。三蔵様にお仕えすることが出来るなんて身に余る光栄です」

言って恐縮したように拝礼する若者を、三蔵は冷然と見遣《みや》っている。——これで何人目《なんにんめ》だ？ そう考えていた。最高僧である三蔵に世話役がつくのはこれが初めてではない。けれど、幾日ともたずに役目から自主的に退いた者は両手でも足りなかった。

面を上げた若者は、まるで生神《いきがみ》でも見るように三蔵を伺《うかが》っている。というより天然記念物だな、と三蔵は不真面目に思う。このような視線を向けられるのも珍しくないことで、そして今のところ十割以上の確率で、羨望《せんぼう》や敬虔《けいけん》の眼差しは短期間に正反対のものへと変化していた。

今回も似たようなものだろうと、三蔵は等閑《なおざり》に推測する。玄奘三蔵に相応《ふさわ》しい身の振舞を、とは散々《さんざん》忠告されたことだが、今やその声も聞かれなくなっている。表向き容認というかたちであるが、裏でこぼされるため息は数知れないらしい。極々《ごくごく》遠回りに耳に入る陰口や愁嘆《しゅうたん》を一蹴《いっしゅう》しながら、三蔵はこの寺院に滞在していた。

すべては奪われた聖天経文《せいてんきょうもん》の手がかりを得るため、だ。

「彼は優秀な学僧なのですが、他の者との折り合いが悪く、もとの山に居られなくなりこの寺院にやって参りました。どうぞご指導の程を……」

老僧の言葉を聞き流しながら、三蔵は若者の顔や腕を眺めていた。幾つもの痣《あざ》や傷跡が残っている。同情するでもなく、ただ事実を指摘するように、

「傷だらけだな」

「……他の者たちは、私が拾われ子だからというだけで……」

口にすることが痛みを招くように、若者は表情を翳《かげ》らせ半《なか》ばで言い淀《よど》んだ。

「そうか。——同じだな」

それだけを告げ、三蔵は踵《きびす》を返す。言葉の意味をとり損ねて、若者が「……え？」と呟《つぶや》いたのが聞こえた。三蔵は足を止め、顔だけを後方へ向けた。

「名は何《なん》だ？」

「法名《ほうみょう》は道雁、……呉道雁と申します」

弾《はじ》けたように明るい声で応えがある。

それが最初の出会いだった。

その日は雨が降っていた。

寺院の本堂。年端《としは》のいかない童子《どうじ》たちが、折り紙遊びに興じている。

幾つも折られた紙飛行機が、床に散らばっていた。三蔵は開け放った窓枠に腰掛け、雨天を眺めている。手の中には自らが折った橙色《だいだいいろ》の紙飛行機。霧雨《きりさめ》のように細かい雨滴《うてき》が、本堂から望める裏庭を濡らしていた。靄《もや》のように煙って、景色をぼかして見せていた。

静謐《せいひつ》な本堂に、童子《どうじ》たちの幼げな笑い声が幾重《いくえ》にもさざめいている。

この雨のせいか？　あの日以来、自分では折ったことのない紙飛行機を拵《こしら》える気になったのは……。童子《どうじ》たちが持ってきた折り紙の中に、橙色《だいだいいろ》のものが混じっていたことも理由のひとつかもしれない。

と、不躾《ぶしつけ》な足音が闖入《ちんにゅう》してきた。本堂に踏み込んでくる道雁が静けさを破った。

「こらあっ、何《なに》散らかしてんだっ」

童子《どうじ》たちは笑い混じりの悲鳴を上げて、散《ち》り散《ぢ》りに逃げていく。蹴り跳ばされて、紙飛行機が幾つも宙に舞う。三蔵は、道雁と童子《どうじ》のやりとりを意識の外に追い出して、裏庭へ向けた目線を動かさない。雨音はかすかなもの――。

だが、それは確かに三蔵の胸中に響いていた。

雨は、

「……あの、三蔵様」

ふいに近くで道雁の声がして三蔵はふり向いた。姿勢はほとんど変えず、目だけを向けるように。自然、睨《にら》むような眼差しになって、道雁はすこし怯《ひる》みを見せた。けれど、すぐに表情を改める。

「珍しいこともあるんですね。三蔵様が折り紙なんて」

「これか……？」

掌《てのひら》におさまっている紙飛行機を三蔵は持ち上げる。折り紙製の翼は頼りない質感のもの。薄暗がりの中で橙色《だいだいいろ》はくすんで見えた。三蔵は気のない手つきで、風に乗せるように送り出す。裏庭、ではなく本堂の奥へ向けて。

きっちり折られた紙の翼が、わずかな風を捉《とら》えて宙を舞う。ふらふらと弱々しく揺れながら、幾らも飛ばないうちに滑空して床に落ちた。三蔵はそれを素っ気《そけ》なく紫暗の瞳に映していた。ふと切り捨てるように、目線を上げる。

道雁へ向けるわけでもなく、本堂の何処《どこ》かを見るでもなく。

紙飛行機と三蔵を見比べて道雁は首をかしげる。三蔵は窓枠から下りて床に立った。

道雁は小走りに紙飛行機へと近づき、割物《われもの》を扱う手つきでそっと拾い上げた。両手で掬《すく》うように携《たずさ》え、三蔵を見る。三蔵はすでに興味をなくして、歩きだしている。

「これ、頂いてもよろしいですか？」

道雁の声に、三蔵は「フン」と下らなそうに応じた。

「勝手にしろ」

「ありがとうございます」


風の強い日だった。

正門をくぐり三蔵は寺院の前庭《まえにわ》へと足を進めた。待ち構えていたように僧たちの出迎えがある。無事の帰還を喜ぶ声、使命を終えた疲れを労《ねぎら》う声、そのすべてを無視して三蔵は歩む。孤高の歩みに、人だかりが左右へ割れていく。

密《ひそ》やかに交わされる幾つもの囁《ささや》きを耳にする。その矛先《ほこさき》は三蔵ではない。三蔵の後方、数歩遅れてつき従うひとつの影に。……どこをどうみても罪人には見えない、けれど、見るだけで足がすくむような『何《なに》か』を感じさせる青年だった。片目を覆《おお》っている包帯のせいだろうか。柔和《にゅうわ》、といってもいい青年の顔を不吉なもののように見せているのは。

三蔵の前方、人だかりを割って人影が飛び出してきた。道雁だ。

「お帰りなさいませ、三蔵様！　すぐに湯の支度《したく》を――」

「いや、俺たちはこのまま斜陽殿《しゃようでん》へ行く」

大量虐殺《たいりょうぎゃくさつ》の大罪人《たいざいにん》の捕縛《ほばく》。命じた三仏神《さんぶつしん》のもとへ猪悟能《ちょごのう》を連れていく必要があった。

それで正式に使命は完了となる。斜陽殿《しゃようでん》から戻り、留守中に溜まった書簡や書類を前にして、自室で不愉快げに時間をつぶしていると道雁が来訪《らいほう》した。「何《なん》だ？」と普段の二割増しで険《けん》のある声を出すが、すでに世話役として過去最長記録を更新している道雁に臆《おく》するところはない。

「三蔵様……」

書類から目を上げ、扉前に立つ道雁を見る。何《なに》か思いつめた顔をしていた。

「三蔵様。今度、三仏神様からのご命令が下ったときは、是非ともこの道雁をお供にしてください」

「――駄目だな」

道雁の申し出に意表をつかれながらも三蔵は短く切って捨てた。反論を挟《はさ》みようがない断定的な口調だった。用はそれだけかと、三蔵は視線を下ろす。道雁が息を呑んだのが聞こえた。これまで、道雁が三蔵に口答えをしたことはない。

けれど、今回は様子が違った。

「どうしてです」

「そんなことは手前《てめえ》で考えろ」

若干の震えさえにじませた道雁に、あくまで無情に言葉を返す。

「では何故《なぜ》、悟空は連れていくのですッ!!」

声を荒《あら》げる道雁に、三蔵は再び顔を上げる。正面から道雁の両目を見据《みす》えた。

びく、と道雁は体を固くした。

三蔵は口許《くちもと》に薄く笑みを浮かべる。どのような意味にもとれて、そこにはどのような意味も込められていないとも見える笑みだった。何《なに》を笑っているのかがわからない。悟空を、でもあるようで、己を、でもあるような。

「あいつはいいんだよ。あいつは……、守らなくていい」

投げ捨てるように告げて、今度こそ三蔵は、対話を打ち切り道雁から視線を外す。

だから、三蔵は道雁が深く傷ついたように顔を歪《ゆが》めたのを見なかったし、――それは僕が弱いという事？　と小さく低く呟《つぶや》いたのも聞こえなかった。道雁は固い表情で一礼し、書斎から出ていった。決意を胸に抱いた、厳しい顔で。

三蔵は何事《なにごと》もなかったかのように、視線を上げることなく書卓《しょたく》に向かっている。室内には香《こう》の薫りがほどよく漂っていた。煙草くさくなるのに気を遣《つか》って、道雁がまめに焚《た》いてくれていた。壁際で、窓の木枠が風にカタカタと鳴っている。

ややあって三蔵は手から筆を離す。卓上を転がり、筆先が墨の軌跡を引いて止まる。金髪に手を差し入れる。窓からの隙間風が、ごくかすかに窓掛けを揺らしている。三蔵は軽く吐息をついた。

（くだらねぇことで）

——んじゃねぇよ。

道雁は寺院から姿を消した。

風聞《ふうもん》によれば理由は様々。「三蔵様の世話役に嫌気《いやけ》が差した」というのが圧倒的な支持を集め、三蔵もそんなとこだろうと考えていた。他には「禁を破って女をつくり駆け落ちしたのだ」という噂もあったし、「三蔵様に認めてもらう為、修業に出ると語っていた」と言いだす者まで現れた。そのどれもが信憑性《しんぴょうせい》において大差はなかった。

歳月が過ぎた。

三蔵が三仏神の命《めい》を受け、悟空、悟浄、八戒と西域へと発つ頃《とき》には、道雁の名は記憶の片隅に追いやられ、忘れ去るのも時間の問題だった。だが、道雁にしてみれば「狂気」という名の歯車が回りだしたのは、まさにこの時だったといえるかもしれない。

そして、現在。

4章

SHINE

誰も己が無力だとは悟りたくない。のに。

【AM2：30】

際限《さいげん》なく現れる式神の群れに、紅孩児《こうがいじ》たちは苦戦していた。

召喚魔《しょうかんま》を放ち、一掃してもそれは時間稼ぎにしかならない。地から這《は》い出てくる屍体《したい》の数は一向に減らない。冥府《めいふ》の蓋《ふた》が開いたような光景だった。

（この森は呪われている）

紅孩児はそう思わずにいられない。

森の一角。紅孩児、独角兕《どくがくじ》、八百鼡《やおね》、李厘《りりん》の四人は背中合わせに陣形を組んでいる。

「惨殺した妖怪をすべて式神にしたみたいですね……」

周囲をとり巻く屍体《したい》に油断なく目を向けながら、口調には悪寒《おかん》を乗せて八百鼡が呟《つぶや》く。

飛びかかってくる式神を青竜刀《せいりゅうとう》の一振りで屠《ほふ》って、独角兕が呆れた声音《こわね》を出した。若干《じゃっかん》の
疲れを滲《にじ》ませて、

「……よっぽどのヒマ人だな。そのバカは」

紅孩児は、無言で式神の群れを睨《にら》みやっている。

獲物にたかろうとする蛇蝎《だかつ》のような群集だった。鵬魔王《ほうまおう》の一族すべてを殺し、すべてを式神に変えたのだとしたら、その数は少なくとも千以上。ここで交戦を続けても埒《らち》があかない。紅孩児は表情を険《けわ》しくさせ、

「雑魚《ざこ》どもを幾ら倒しても解決にはならん。その大バカを倒さねばな!!」

「でも、そいつどこにいるのさ?」

式神の一体を裏拳《うらけん》で張り飛ばして、李厘が素朴な疑問を口にする。『う』と固まる紅孩児。その隙を逃さず襲ってくる式神に、迎撃《げいげき》の拳《こぶし》を打ち込んで吐き捨てた。

「……知るか!!」

四人が会話を続ける間にも、地中から現れる式神は数を増す。雑魚《ざこ》とはいえ、無数にも等しい相手は充分に脅威だ。裏で操る者を探すために移動することさえ容易ではない。紅孩児は苛立たしく歯噛《はが》む。

「下がっていてください!!」

「――何《なに》?」

止める間もなく八百鼡が駆けだす。式神を引きつけるように、群れの中央へと走る。優

に数十は超える暗い眼光が八百𠦝を捉《とら》えた。獲物が自ら飛び込んできたことに歓喜の唸《うな》りを上げて、式神たちは彼女を狙う。しなやかな足が地を蹴り、高く跳躍する。かざした両手の指には、すでに大量の爆薬が挟《はさ》まれている。

気合いの一声もろとも、八百𠦝は投げつけた。式神に、地面に、樹々に着弾し、派手な爆煙を生む。大気を揺るがせ、地に振動が疾《はし》った。

余波の熱風に髪を煽《あお》られながら、紅孩児は瞬《まばた》きすらせずに森の奥を睨《にら》む。

（黒幕はどこにいる⁉）

……そして、何者《なにもの》だ……？

【ＡＭ３：30】

樹々をぬってジープを走らせていた。

唐突に森がとぎれ、平坦《へいたん》な地面に変わる。前方に御殿が見える。森に沿って回り込むように、八戒《はっかい》は左にハンドルを切った。軽快にアクセルを踏む。湿った風が吹きつけてくる。ジープの車体と八戒に絡《から》みつき、後方へ流れ去る。髪が煽《あお》られ、目にかかりそうになって眼差しを細めた。

（厭《いや》な風、ですね）

くん、と小さく嗅《か》いでみる。

大気に混じっている不浄の匂い。死臭、だろうか。この地に染みついている、膨大《ぼうだい》な血の匂いでもあるような。耳元で鳴る風の音が、死者の嘆《なげ》きのようでもあった。

かすかな風向きの変化に八戒は森を見遣《みや》る。

ずんっ、と大気が震え、奥の方で幾つもの爆煙が立ち上った。

何《なん》だろう……、と思うのと同時に、前方を照らすヘッドライトの明かりの中に二《ふた》つの人影を見つける。悟浄《ごじょう》と朋蘭《ほうらん》だ。悟浄は腹部に包帯を巻いていた。血の滲《にじ》んでいる量から、重症であると伺《うかが》える。支えられるように走りながら、悟浄は手の中に錫杖《しゃくじょう》を現わし、後方へ刃《やいば》を飛ばした。

——屍体《したい》？

悟浄の後を追って妖怪の屍体《したい》が現れ、刃《やいば》に両断されて霧散《むさん》する。

八戒はアクセルを更に踏み込み、速度を上げた。見る間に二人《ふたり》の姿が近づく。排気音に気づいて、悟浄がこちらを向いた。わずかに目を見開き、次いで見分けるように鋭い目線を向けてくる。たぶん、それは自分も同じだろう。

二人《ふたり》の直前でブレーキを踏み、ジープを急停止させる。

「八戒！　てめえ——」

怒りを含んだ声で悟浄が名を呼ぶ。

さては、とそれだけで八戒は悟浄の身に起きたことを悟った。悟浄の重症が何者によるのかを。……やはり少しは申し訳なく思うべきなのだろうか？　いや、その前にこの悟浄が本物かどうかわからない筈で、疑うべきなのかもしれない。

けれど。

「どうしました？　そんな恐い顔して。早く乗ってください、それとも後から一人《ひとり》で歩いてきますか？」

八戒はいつもと変わらぬ口調で、悟浄を促した。

悟浄は意表をつかれたように瞬きをして、それから口許《くちもと》に笑みを浮かべた。

「おいおい、……ケガ人に無理させんなよ」

返す悟浄の口振りも、普段通りの斜《はす》っぱなもの。

うーん、と八戒は内心で首をかしげる。

（なんかこう、雰囲気であっさり本物だとわかってしまうのもつまらないですね）

偽物と――、敵との遭遇に備えて意識を磨《と》ぎすませていた為、拍子抜けのような感覚があった。もちろん、悟浄と早く合流できたのは予想外の幸運で、喜ぶべきことなのだが。

次に出会うのは偽物でもよかった。そんな好戦的な考えがあったのも事実。

今の自分の物騒《ぶっそう》さを自覚して、苦笑したくなる。

「朋蘭！」

悟浄は朋蘭から身を離し、

「逃げろ。俺たちは『ご主人様』をブッ倒しに行く」

告げて、ジープに乗り込んでくる。朋蘭は無言で、うつむいていた。八戒は、ちらりと一瞥《いちべつ》だけしてアクセルを踏み込む。これからどうするかは彼女自身が決めることだった。

悟浄と朋蘭の様子から、何《なん》らかの深い事情を抱えているのだとは判るが、無情なようだが今は構っていられない。

助手席に腰を下ろす悟浄を見るが、悟浄も語ろうとはしなかった。

ならば切り捨てる。

――いいんですか？

それだけ尋ねようかと思ったがやめた。

自分が踏み込む必要はない領域だ。

八戒はまっすぐ御殿の方を見遣る。天に姿のない月の明かりに照らされ、浮かび上がっている威容《いよう》。絢爛《けんらん》でありながら、もはや廃虚にしか見えない。

さっさと終わらせて、旅を再開するのが賢明だろう。

終わらせる。

何《なに》を？

このクソつまらないゲームを。

（忌《い》まわしい夜を）

ぜってー死ぬか、バカ。

そう思ったのを最後に悟浄の意識は途切れ——なかった。

喜ばしい、とは言い切れなかった。状況が安眠を許してくれなかっただけだ。

何《なん》の前触れもなく森の暗がりから現れた妖怪の屍体《したい》。動く屍体《したい》の群れ。

追われるように森を走った。ついてくるものは残らず倒したが、後から後から沸いてくる。森のいたる処《ところ》に潜《ひそ》んでいるようだった。樹々をぬって朋蘭と走っていると、森から出た。平坦《へいたん》な土の地面。最後に何匹かまとめて斬り捨てると、もう屍体《したい》は追ってこなかった。

森の中でだけ襲ってくるらしい。理由は知らない。この際どうでもいい。

一息《ひといき》つこうかとしたところへ、射貫くように光が投げかけられた。

ジープのヘッドライトだった。目を向けると運転席でハンドルを握る八戒が見えた。見る間に近づき、目の前で急停止する。わずかに目を細め、見計る眼差しをこちらへ向けていた。しかしそれは悟浄も同じ。

「八戒！　てめえ――」

反射的に口をついた言葉は、相手が本物かどうかは関係ないものだった。

いっそ偽物であってくれてもいい。ならば、舐《な》めた真似のお礼をきっちり熨斗《のし》つけて返せるいい機会だった。この場でカタを。無論、百倍返しで。

けれど。

「どうしました？　そんな恐い顔して。早く乗ってください、それとも後から一人《ひとり》で歩いてきますか？」

八戒が普段と変わらぬ口調で促してきた、から。

そう、まさにこれ以上はないというほど憎たらしい涼しげな顔で！

「おいおい、……ケガ人に無理させせんなよ」

悟浄は口の端がゆるむのを自覚してしまう。

次の瞬間、質の悪い胸焼けのように『嫌《イヤ》ーな』気分になった。こんな短いやりとりだけで本物だと判りあえてしまうなんて、まるで。……脳裏に浮かんだ言葉を悟浄は無理やり袋叩きにして意識の外に追いやった。

まるで。

（——仲良しさん、かよ）

うっかり認識してしまって、鳥肌が立ちそうになる。

「朋蘭！」

振り切るように朋蘭の名を呼んだ。

「逃げろ。俺たちは『ご主人様』をブッ倒しに行く」

それだけ告げて悟浄はジープに乗り込んだ。朋蘭の返事はない。けれど、声は届いているはずだ。ひとりにしても森の中に戻るほど愚かではないだろう。連れていく気にはならなかった。物騒な場には。

八戒がアクセルを踏む。伺《うかが》うような目線を一度向けてきたが悟浄は応じない。説明したくない訳ではないが……。八戒は実際には何《なに》も聞いてこなかった。視線を前方へ向け直して運転に集中している。

「あのさぁ」

「……なんです？」

朋蘭の姿が見えなくなって悟浄は口を開いた。

「で、俺ら何処《どこ》に向かってんだよ」

「ボスキャラのところです」

「だぁから、そいつが何処《どこ》にいんのか判ってんのか？」

「いいえ？　悟浄、知ってるなら教えてください」

「知らねーよ。何《なん》だよ、これじゃお前と夜のドライブみてぇじゃん」

「相手が僕じゃ不満ですか？」

刺された傷が激しく疼《うず》いた。

「そぉじゃなくて」

「まあ多分、悟空《ごくう》や三蔵《さんぞう》も黙ってるわけないでしょうから……」

「騒ぎが起こってそうな場所を目指すってか？」

「そんな処《ところ》です」

「着いたらもう終わってたりしてな」

無論、そんな結末を悟浄も望んでいる訳ではないが。

「大丈夫ですよ」

「あ？」

「その時は生き返らせてもう一度殺します」

「…………」

事もなげに言う八戒に、悟浄は「どうやって？」と聞く気も起きない。

（やっぱコイツが一番恐《こえ》え）

と、再確認させて頂いたのみ。

会話のなくなったジープは夜の中を突っ走る。

夜明けは近い――。

【AM３：32】

炎上する社《やしろ》を背景に乱舞する橙色《だいだいいろ》の紙飛行機。

麓《ふもと》の岸辺にまで戻った三蔵と悟空に降り注いで、幻惑するかの光景だった。

きらびやかな悪夢にも似た眺めだ。無言で、片手を差し伸ばした三蔵の掌《てのひら》に紙飛行機がひとつ落ちてくる。三蔵はそこから何《なに》かを読み取るように、目を離さない。

『これ、頂いてもよろしいですか？』

『フン。勝手にしろ』

『ありがとうございます』

『それは、青空にしか飛ばせないらしい』

記憶の細波《さざなみ》が連鎖する。

霧雨《きりさめ》の雨音とともに。墨を流したような薄墨色《うすずみいろ》の心象の風景とともに。

(そうか)

錆《さ》びた鍵穴に、かちりと填《はま》る。

すべてが符合した。

「……奴には言ってなかったな」

三蔵の呟《つぶや》きに、？　と悟空が見上げるようにする。両者の間、視界を掠めて紙飛行機が地面に降りた。地面が生きているように蠢《うごめ》き、盛り上がり、紙飛行機を飲み込む。土中へと消える。軌跡を追って視線を下げた悟空は、一瞬、何が起きたのかわからなかった。

再び地面が盛り上がった。手の形で。

「げっ!?」

続けて地中から全身を現わす。……妖怪の立ち姿。

肌の質感から衣服、手に持つ武器まで、土で出来ているとは思えない見た目だ。

あちこちで同じように土人形が地面から生まれて、瞬《また》く間に生者と見紛《みまが》う現実感を有する。すべての核に、あの橙色《だいだいいろ》の紙飛行機が呪符として使われている。道雁《どうがん》のこだわり――、意図など知りたくもない。三蔵への心づくしのつもりなのだろう。

悪趣味この上なかった。三年越しの執着の深さの具現《ぐげん》だ。

「何《なん》だよ、こいつら……」

整然とした動きで、とり囲まれた。

「――さあ、孫悟空《そんごくう》」

上空から降ってくる声。三蔵と悟空が見上げると、鳥居の上に嘲りの表情で道雁が立っていた。敵役《かたきやく》は高いところから現れたがるものというセオリーに則《のっと》って。別の例の代表である者たちが、今、森の奥で式神に囲まれているとも知らずに、三蔵は莫迦《ばか》らしく思う。名を呼ばれた悟空が、不快感もあらわに上方を見返している。

「お前は守りきれるのか？　僕の三蔵様を、この妖怪たちから守ってみせられるか？」

妖怪のとり巻きが包囲を狭《せば》めてくる。悟空は苛立たしい表情をして、

「お前、さっきから何《なに》言ってんの!?」

戦わせたいなら幾らでも喧嘩《けんか》は買う。相手を選《え》り好《ごの》みはしない。

だが、道雁の主張は的外れも度が過ぎて、売り方としては最低の部類だ。

「三蔵はな、守らなくたって鬼みてぇに強いんだよッ!!」

悟空のありがたい教授に道雁はただ不服そうに口許《くちもと》を歪《ゆが》めた。子供じみた不満顔だ。地を蹴る足音がいくつも重なって聞こえ、妖怪たちが道雁の意志を汲みとって一斉《いっせい》に飛びかかってきた。悟空は身構える。

だが、その場の誰よりも何《なに》よりも早く、まず一撃を放ったのは――、
悟空などより余程《よほど》苛立たしげな三蔵の昇霊銃《しょうれいじゅう》だった。

【AM3：58】

戦いの場は水上回廊へと移っていた。

とにかく相手の数が多いのが面倒。無数とも見えた紙飛行機がすべて核となるのなら、まさに際限がない。ならば、とその体となる土のない場所へと移動していた。これで真下からの奇襲はなくなる。

悟空が如意棒《にょいぼう》を振り回す数と同じだけ、あるいは一振りで数体まとめて妖怪が霧散《むさん》する。手応えはないが数だけはやたら多い敵、というのは実は悟空が比較的苦手とする相手だった。手強《てごわ》い訳ではない。やりづらい訳でもない。

……途中で飽きるのだ。

そこまで読んで、道雁がこの攻勢を仕掛けているなら賞賛ものだ。

「もう降参しなよ」

忽然《こつぜん》と湖面に現れた道雁が、極上に嫌らしい声音を悟空に投げる。

「この、役立たずの能なし猿!!」

「てめェにサル呼ばわりされる筋合いはねぇよっ!!」

三蔵や悟浄には見せたことのない、本気の嫌悪をぶつける悟空。だが、道雁は本《もと》から悟空には興味がないと無視を決めて、矛先《ほこさき》を三蔵へ向けた。湖面に佇《たたず》む姿勢をそのままに、宙を滑《すべ》って三蔵の眼前まで近づく。舌舐《したな》めずりするような口調で、

「如何《いかが》ですか三蔵様。僕に謝罪して旅の同行を懇願《こんがん》しては」

「照れていらっしゃるのですか? さあ、遠慮はなさらないで下さい」

「僕に命令して下さい、三蔵様。『俺についてこい』ってね。さあ」

三蔵は無言を保っている。その心中は計れない。

「さあ!!」

道雁は期待に満ちた顔で三蔵を促す。拒絶されるとは欠片《かけら》も思っていない様子。

だが、

「——断る」

危険物取り扱い注意、の張紙が必要なほどの冷酷さをまとって、三蔵は答えた。

道雁は呆気《あっけ》にとられている。完全に思考が停止した表情だ。「ことわる」という言葉が頭の中に存在していなかったとでもいうのか。ややあって金縛りが解けたように、女々しい動作で三蔵の前から飛びのいた。震える口許《くちもと》を無理に開いた。

「今……、何《なん》と仰《おっしゃ》いました？　三蔵様ッ⁉」

神をも殺せる剣呑《けんのん》さで、三蔵は返す。

「貴様の思い通りになるくらいなら死んだほうが、マシだ」

ありとあらゆる天災に見舞われたように、道雁は絶望的な表情でふらふらと湖面をさまよう。やがて、何《なに》かを悟ったように「そう……」と呟いた。きっ、と三蔵を睨《にら》み、髪をふり乱して胸の前で手を組み合わせた。

「だったら、お望み通り死を与えて差し上げますよ‼」

片手を天へ向けてかかげ指を鳴らした。ぱちんっ、という軽い音と同時に、宙を割って何体《なんたい》もの妖怪が、回廊上に現れる。岸辺から空間を跳ばして運んだのだろうか。何《なん》にせよ、もはやルール無用といった様相《ようそう》を呈《てい》している。

道雁自身は、再び高みの見物を決めて上空へと飛翔——、
その時、
しゃんっ‼　と鎖が空《くう》を疾《はし》って道雁を捕えた。

【AM4：12】

鎖に絡《から》めとられ、道雁は動きを封じられた。

「態《なり》はでけぇけどガキ丸出しだな。モテねーだろ？　お前」

鎖の先を目で追い道雁は、驚愕《きょうがく》の声を上げる。

「悟浄……!?」

「それでいて人の神経を逆なでするのは得意のようですね。やっぱり女装趣味の変態野郎で正解でしたよ」

「……八戒!!　お前ら、生きて……」

妖怪を挟《はさ》んで三蔵と悟空の向かいに悟浄と八戒が姿を見せていた。悟浄が魚でも釣るように錫杖《しゃくじょう》を軽く引くと、鎖がきつく道雁を締め上げる。苦悶《くもん》の呻きがもれた。路傍《ろばた》の小石を蹴飛ばすかのごとく悟空はあっさり妖怪を全滅させ、二人《ふたり》に声を向けた。

「何《なん》だよ、遅かったじゃんっ」

「こっちも――」

と、八戒は掌《てのひら》に気孔波《きこうは》の光球を生んで、悟空に笑いかける。

「色々ありまして、ねっ」

言葉の最後にあわせて、巨大になった光球を振りかぶり道雁に投げつけた。気安い仕草《しぐさ》、だが腰の切れたきれいな動作で。食らった道雁は、ひねりも何《なに》もない悲鳴を上げて、気孔《きこう》波《は》に吹き飛ばされた。遠くで着水して飛沫《しぶき》が跳ねた。

鎖を引き戻して錫杖《しゃくじょう》を肩に乗せ、悟浄がからかう口振りで問い質してくる。

「ちゃんと本物なんだろうな、バカ猿に生臭《なまぐさ》ボーズ」

「お前らこそ本物だという証拠でもあるのか」

「——何《なん》ならボディチェックでもしてみる？」

背後から八戒の首に腕を回し、挑発的に片目を瞑《つむ》ってみせる悟浄。

悟浄の腕をそのままに、八戒は「あはは」と軽やかな笑みを浮かべた。

「証拠と言われましても……。でも本物だと思いますよ、多分」

確たる証拠はなく、「思う」や「多分」という曖昧《あいまい》な言いようしか出来なくとも。

八戒は、それ以上言葉を重ねることはしない。

わずかに間を置いて三蔵は「フン」と、やりとりを終わらせ湖面に目を向けた。悟空も同じようにして道雁が着水した付近を眺めている。水面下からぼこぼこと小さな気泡が浮いては幾つも弾《はじ》けていた。

「あいつ……、何《なん》であんなんなっちゃったんだろうな」

「こんなクソ坊主《ぼうず》の何処《どこ》がいーんだか」

悟浄と八戒が三蔵のもとへ歩いてくる。茶化《ちゃか》す言葉に三蔵は、銃口を跳ね上げ悟浄に突きつけた。乾いた笑みで「ハイ降参《こーさん》」と悟浄は両手を挙げる。八戒が二人《ふたり》の間に割って入って、険悪な空気をとりなした。

「まあまあ」

「あ――――っ!!」

いきなりの悟空の大声に三人は、一度に視線を向けた。

「俺、あいつに八発殴られたままだっ!!」

「……それじゃ、借りは返さなくちゃですね」

「え？」

悟空へ向けた視線の先、湖面が煮え立つように沫《あわ》だっていた。気づいた八戒は、油断なくそれを観察する。道雁が着水した付近だけが、沸騰するように激しく気泡を弾《はじ》けさせていた。と、水面がいきおいよく盛り上がり、人影が浮上し、宙へ舞い上がる。

道雁――、
だが、それはもはや三蔵たちの知る道雁の姿ではなかった。上空から四人を睥睨《へいげい》し、笑い声とも怒声とも泣き声ともつかない、壊れた声帯で無理やり歪曲《わいきょく》した叫びを上げるように、宣告を放つ。

「幻滅しましタ！　三蔵サマ!!」

「アなたハ……、あなタの選ンだ三人はマッたく下らナイ!!」

異形《いぎょう》の化物。かろうじて人型は保っているが、今の道雁は人間でもなければ妖怪でもない。皮膚を破りかねない程の筋肉が盛り上がり、骨格自体も変化して背丈は先刻までの倍はある。衣服は千切《ちぎ》れ、岩のごとき質感になった全身が露出していた。

「三仏神ノ使命はボクが果タシてあげまスヨ!!」

顔に至っては道雁の面影のかけらもない見事な化物面《ばけものづら》となっていた。突然の変態《メタモルフォーゼ》、その理由を三蔵だけは即座に見抜いた。道雁の左胸に、何《なに》かの冗談のように張り付いている、錆《さ》びた記憶の鍵穴にかちりと填《はま》った『鍵』。

橙色《だいだいいろ》の紙飛行機。あの雨の日、三蔵から貰ったもの。を、呪符《じゅふ》にしたのだ。阿頼耶《あらや》の呪《じゅ》。莫大《ばくだい》な法力と引き替えに魂を食われ狂った亡者《もうじゃ》となる。

「……オ前たちヲ殺シてナアああああっ!!」

道雁は空《くう》をけり急降下。拳《こぶし》をでたらめに振り下ろす。四人が四方に散ったその中央、回廊に重い一撃が突きささった。堅牢な回廊を易々《やすやす》と砕き、瓦礫《がれき》が派手に飛び散る。警戒しつつも悟浄はどこか面白がっている風情《ふぜい》で、着地し錫杖《しゃくじょう》を構えた。

「よかったな、三蔵。面倒くせェ使命を代わってくれるとさ」

「そいつはありがたい、が――。殺されてやるつもりはないな」

ま、そりゃそーだ、と悟浄が呟《つぶや》くのと、ほぼ同時。

「ッし、行っくぜーっ!! お返し八発!!」

小細工抜きの真向勝負《まっこうしょうぶ》で悟空が駈けだす。回廊から拳を引いて、道雁は歪《ゆが》んだ笑みを浮かべた。体格だけなら四倍近い差がある。それでも、悟空に臆《おく》するところない。どころか、愉《たの》しげな顔さえしている。

「――――ッ!」

悟空の飛び膝蹴りと、道雁の拳《こぶし》が激突した。

【AM4:43】

煙草をくわえ、三蔵はライターを取り出して火を着けた。

「サん蔵サマ! どーデす私の力ハ? わタシの強サヲ見ていただケましたカ?」

道雁の周囲では、悟空、悟浄、八戒が膝をついていた。異形と化した道雁は一対三であっても、圧倒的な力で三人をねじ伏せ、愉悦《ゆえつ》に満ちた声を上げる。三蔵はただ煙草から紫煙を燻《くゆ》らせるのみ。現状を何とも思っていないかの、気のない動作で煙草を指に挟《はさ》んで手を下ろした。

「そいつらはまだ死んでねぇぞ」

「――なっ⁉」

無慈悲に聞こえる三蔵の物言いに、道雁は化物面《ばけものづら》をさらに醜く歪《ゆが》めた。

「いイ加減ニ認めろヨ‼　アンタは間違ッタんダ‼　選バれるベキハこのボクだっタ‼」

「お前、何《なん》か勘違いしてるんじゃねぇのか？」

三蔵は下らないことを説明させるな、と言わんばかりに、

「俺は、ついてきてくれなんて一言も、こいつらに頼んじゃいねーよ」

耳にその声が入っても、脳には届いていない様相《ようそう》で道雁は固まっている。

「……そ、ソれはドウいう……」

「三仏神がこの三匹を連れていけと言ったから――」

言葉に殺傷力があるのだとしたら、三蔵の次の台詞《せりふ》がまさにそれだった。

「偶々《たまたま》だ」

胸に銃弾を撃ち込まれたように、道雁はよろめく。

立ち上がった八戒が三蔵に歩みよった。

「確かに、僕らが一緒にいるのは『偶々《たまたま》』ですからね」

「そーそ、たまたま退屈してたから暇潰しにつきあってやってんだよ」

同意する悟浄に続いて、悟空も三蔵のそばへと駈けよる。

「何《なん》でもいーじゃん！　面白ければっ!!」

道雁は信じられないと言った顔つきで並んだ四人を眺めている。

いや、信じたくない、それが事実だと認めたくない、というのが本音だろう。

「何《ナニ》ヲ……、言ってルンだ？　貴様ら、ハ…………」

「ま、そういうことだ」

投げ捨てるような三蔵の無情な一言が、二発目の銃弾となる。

道雁の精神を撃ち抜いて、留《とど》めを差した。

「デ、でハわたシノ、ワタシノしてキタことハ」

ど……くん。

「何《ナン》ダッタンダ」

どくん。

得体の知れない脈動、が。

「ナンダッタトイウンダ――ッ!!」

どくん。どくん。どくん。どくん。どくん。

左胸の呪符《じゅふ》だ。道雁の脆《もろ》い精神を食らい、喜びに震えている。

どくん!!

道雁は助からない。

【AM4：47】

暴風域《ハリケーン》。

大気が渦巻き、湖面のあちこちで竜巻状の水柱が上っている。

渦の中心は道雁の左胸。暴走した「阿頼耶《あらや》の呪《じゅ》」の力が空間に穴を穿《うが》ち、『奈落《ならく》』にも等しい深淵の口を開けていた。すべてを飲み込み、闇と同化してしまう虚無のあぎとだ。

天変地異――、気を抜けば体ごと大気の渦に引き抜かれて、『奈落《ならく》』の底へと墜ちていくばかり。無論、自身の体に起こった大きな異変を、まともな精神が受けとめ切れるはずもなく、道雁は完全に発狂していた。

「ギャハハハハハハハハハ!!　三蔵サマ、アナタノ全テヲ飲ミ込ンデアゲマスヨ!!」

三蔵は殴りつけるような暴風の中で、昇霊銃《しょうれいじゅう》を構える。照準は適当。

「ご免だな」

引金をひく。だが、銃弾は螺旋《らせん》の軌跡を描いて、道雁の左胸の『奈落《ならく》』に吸い込まれた。銃声すら風音にかき消され、かすかにしか聞こえなかった。昇霊銃《しょうれいじゅう》の弾でさえ無効ならば、気孔波《きこうは》や錫杖《しゃくじょう》、如意棒《にょいぼう》が通用するはずもない。拳《こぶし》や蹴りなどの攻撃は無謀でしかない。

「ギャハ、ギャハハハハハハハ!! ソウ、三蔵サマ!! 文字ドーリアナタハワタシノ体ノイチブニナル!! フハハハ!! ギャハハハハハハハハハハハハハッッ!!」

「うっわ!!」

悟空の体が、回廊から引《ひ》き剥《は》がされ宙を舞った。大気の渦に乗って『奈落《ならく》』へ墜ちていく——ところを悟浄が足首を引っ掴んで、救った。「何《なん》なんだよ、もおっ!!」八つ当たり気味に悟空は怒鳴るが、悟浄とて悟空をからかう余裕はない。「おい洒落《しゃれ》んなってねーぞ、これは!!」「三蔵っ、このままでは僕らまで飲まれてしまいますよ!」「バカ猿っ、とっとと何処《どこ》かに掴まりやがれッ」「ンなこと判ってるよっ、けど……!!」「早く何とかしろ三蔵っ、てめェの追っかけだろーがッ」「うるせェ、知るか!!」「わ——っ!! 悟浄、手え緩《ゆる》めるなってば!!」「三蔵、魔戒天浄《まかいてんじょう》は——」「無理だな、こんな中で使えるか」「ですよね、だったら……」「コンの猿! 何《なに》ぼーっとしてんだよ!!」「…………なあ、あれ朋蘭じゃねェ!?」「何《なに》——?」

この状況にまったく予想外の名前。

暴風の中で悟浄が目を凝《こ》らすと、回廊の先に確かに朋蘭の姿があった。

何《なに》をしに？　そんなの判るわけがない。確かに自分は「逃げろ」と言ったのだし、このこの危険な場に足を踏み入れる程、朋蘭は頭は悪くないはず。そう、悟浄は思っていたけれど。……わたしは生きてるなんて言えないんです、という朋蘭の言葉が何故《なぜ》か脳裏《のうり》を掠《かす》める。回廊の手摺《てすり》に掴まり、今にも吹き飛ばされそうになりながら、朋蘭は一歩ずつ近づいてくる。その顔が、迷いのない決然としたものであるのが余計に、悪い予感を生む。

嫌な胸騒ぎ。

「……てめェ！　何《なに》しにきたんだッ!?」

悟浄は声を張り上げる。暴風に飲まれて届いているかどうか判らない。

「邪魔だ、向こう行ってろっ!!」

風音にかき消される。やはり届かない、のか？

「っのクソったれ!!　おいッ、朋蘭――!!」

朋蘭はかすかに笑った。

悟浄を見て。柔らかで芯のある笑みだった。口許《くちもと》がうごく。

かぜがやんだら、このおとこにとどめを――。

朋蘭に気づいて道雁が顔を向けた。嫌らしく口の端を歪《ゆが》め、下僕《げぼく》に対する嘲《あざけ》り以外の何《なに》ものでもない表情で口を開く。だが、朋蘭に臆《おく》するところも怯《ひる》むところもない。まっすぐに道雁の視線を受けとめ、はっきりと口を開いた。交わされる言葉は、暴風にかき消され、まるで聞こえない。

「――――」

「――――」

「――――」

「――――!!」

朋蘭の体から清冽《せいれつ》な蒼《あお》い光が立ちのぼる。それは魂の火。悟浄は怒鳴った。

「っざけんなっ!!　朋蘭…!!　今すぐ止《や》めろッッ!!」

揺らめく蒼《あお》い炎。暴風の中、たなびくことすらなく、ただ静かに朋蘭の全身を覆っていた。鵬魔王《ほうまおう》から娘へと受け継がれた力、そのすべての解放。あるいは極限までの生命力の燃焼。それが意味するものはひとつ。

暴走した力を抑えるには、やはり限界以上の力をぶつけるしかない。

「聞こえねーのか、タコ!!　てめェは引っ込んでろっつってるだろうがッ!!」

本気の怒声だった。女に向けることなど滅多にない。

「——バカなこと考えんじゃねェっ!!!!」

【AM４：58】

（ありがとう、悟浄さん）

【AM５：00】

夜が、明ける。

風は止んでいた。朝凪というに相応《ふさわ》しく、閑《しず》かに。

山の稜線をこえて旭日《あさひ》がのぞく。冷ややかな夜気《やき》が薄れ、陽光の熱を孕《はら》みつつある。

己の身を抛《なげう》った朋蘭によって、『奈落《ならく》』には蓋《ふた》がされた。虚無のあぎとは閉じ、暴風は去り、湖面と大気には静けさが戻っていた。穏やかといってもいい、朝の訪れ。歪《ゆが》んだ夢にも似た一夜の終わりが。

ひとつの生命を代償にもたらされた。

暴走する呪符《じゅふ》の力を体内に封じこまれ、道雁の体はさらなる変貌《へんぼう》を遂げる。

悲痛な絶叫が、辺りの大気を引き裂いて、轟《とどろ》く。四肢《しし》は凶悪に膨《ふく》れ上がり、容貌は醜悪窮《きわ》まりなく変化した。よろめき踏みだした足が回廊にめり込み、地震のごとく揺るがせる。苦悶するかの口辺《くちべり》からは、無数の牙が突きだし、まさしく悪鬼《あっき》の形相《ぎょうそう》となっている。

けれど、それらすべては道雁の『心の弱さ』の具現でしかなかった。

妄執にとり憑かれた化物。恐怖よりも、滑稽《こっけい》な哀れみさえ喚起《かんき》する姿を晒《さら》している。

情けねぇな、と三蔵はそれだけを胸中で呟《つぶや》く。己の無力さを思い知ったことなど三蔵にもあった。目を背《そむ》けようがない過去として、刻まれている。それでも、誰かか救ってくれることなど、ありはしない。求める気もない。

「オ、オレガマケルハズハナイ……ッ!!」

野獣の吠え声じみた叫び。

塗りつぶされたように真赤《まっか》な双眸《そうぼう》から、痛ましく血の涙が溢れる。

「オレハ、センニンノ、ヨウカイヲコロシ」

道雁は三蔵へ向けて、歩む。救いを求める亡者《もうじゃ》のごとく。

三蔵は無言。見下すように道雁を眺めている。

「コロシタヨウカイノ、チデ……カミヲ、アカクソメ」

巨大な影が間近に迫る。腕を一振りすれば、たやすく三蔵を殺せる間合い。

三蔵は無言。

「ワタシガイチバンサンゾウサマノオソバニオツカエシズットソバニイルハズナノニ」

三蔵は無言。悟空が割ってはいるように飛び出そうとするが、八戒はそれを黙って制止した。悟浄もまた、一切の手出しをするつもりはないようだった。何《なに》も思っていない訳はない。それでも、この場のすべての決着は三蔵に委《ゆだ》ねて。

「ワ、ワタシノ、ナニガマチガッテイタトイウンデスカ――？」


泣くな。


どれだけ泣いても俺はお前を殺す。

「……さぁな」

道雁の問いに短く答えて、三蔵は昇霊銃《しょうれいじゅう》の銃口を道雁の左胸に向けた。

それ以上、道雁に語る言葉はなかった。道雁はひどく人間じみた、呆気《あっけ》にとられたような間抜けな表情をした。三年前の面影などかけらもない容貌に、いつも戸惑いがちだった気弱げな道雁の顔が重なる。

――何故《なぜ》ですか？　三蔵様。

三蔵は撃鉄を起こす。

がちり、という鈍い音に、道雁の巨体が震えた。幼子《おさなご》が癇癪《かんしゃく》をおこすように、顔面を歪《ゆが》める。現実を拒むように首を振る。己の意志でなく、ただ凶暴な妄執《もうしつ》につき動かされて腰をかがめ力を溜めて、三蔵を睨《にら》みやる。三蔵は何も語らない。

「ナゼデスカッ!! サンゾウサマ――――――ッッ!!」

激しく回廊を揺るがし、道雁が地を蹴った。血涙《けつるい》が空に軌跡を引く。

悟空、悟浄、八戒がそれぞれ異なる色の眼差しで、黄金が下す終局《しゅうきょく》を見届ける。

三蔵は引金に指をかけた。

『これ、頂いてもよろしいですか？』

『フン。勝手にしろ』

『ありがとうございます』

『それは、青空にしか飛ばせないらしい』

『何故《なぜ》ですか？　三蔵様』

霧雨《きりさめ》の情景。童子《どうじ》たちの嬌声《きょうせい》。本堂の静謐《せいひつ》。紙飛行機。現在につながる記憶の螺旋《らせん》。

鮮やかな橙色《だいだいいろ》の色彩。蒼《あお》の空。――何故《なぜ》？　（その答えを）

俺も今、探している処《ところ》だ。

銃声。

【……sometime later】


「おい、紅《こう》。このまま挨拶《あいさつ》もなしで行くのか？」

森の外れの切立った崖の上、湖面を眺め、独角児はふり返った。

三蔵たちと道雁——という名は知らないが——との戦いを見届け、紅孩児は踵《きびす》を返し、森へ戻ろうとする。夜明けとともに、森の呪いは解けていた。おおよその事情は察した。すべての元凶が何者《なにもの》だったのかも。

……三蔵たちのお陰？　そんなふうに思うのは癪《しゃく》だ。

「あんなズタボロの奴らを倒したところで、何《なん》の自慢にもならん」

矜持《きょうじ》というものだった。そばに控えていた八百鼡が、紅孩児の後につき従う。その顔に浮かんでいるのは笑み。主君の判断はいつでもどのようなものでも絶対に遵守《じゅんしゅ》はする。それでも、この場での今の紅孩児の言葉に、理屈抜きで嬉しさを覚えていた。

「紅孩児様」

柔らかく呼びかける。

一旦《いったん》足を止め、紅孩児は「だが」とするどく独白《どくはく》した。

「またいつか会いまみえる時が来る!! そのときは――」

必要以上に力の入った台詞《せりふ》だった。独角兕はやれやれと苦笑する。どうしてこう肩の力を抜けないのか、と仕方なく、けれどだからこそ己が仕えるに足る主君なのだと。

当たり前のように納得も出来るのだ。

独角兕は磊落《らいらく》な笑みで、毅然《きぜん》とした紅孩児の後ろ姿を見遣《みや》る。

「敵にも甘いんだからなーっ、お兄ちゃんは!」

李厘のからかいの言葉に、紅孩児は気分を害したように顔をしかめた。自分が甘いのかどうかは知らない。そのつもりはない。ただ、恥じるような戦いはしたくないだけだった。

そう思うことが、甘さなのだと指摘されれば、何《なに》も返せないが。

曲げる気もない。

「行くぞ!」

号令を出す。どのような判断でも、己に迷いがなければいい。

(今回は見逃す。だが、次に会ったときは、必ず倒す!!)

小細工など必要はない。正面から挑み、勝たねば意味はない。

「よぉーっし」

威勢のよい声にふり向くと、李厘は丁度、駈けだすところだった。森へ、ではなく崖の

端へ。湖へ、あるいは朝晴れの空へ。片手に橙色《だいだいいろ》の紙飛行機を構えて。

風に乗せるように。

「行っけ——!!」

手を離す。風を捉え、紙飛行機はどこまでも飛ぶ。

晴天を横ぎり陽の光にも似た色彩が、映えて——。

きれいだった。


【……sometime later II】


森をわたる風の匂いが違っていた。

草木や小動物の生気が、瑞々《みずみず》しく満ちている。

生い茂る緑葉《りょくは》の隙間から零《こぼ》れてくる陽光が、ジープのボンネットに斑模様《まだらもよう》を描いている。

八戒は危なげなくハンドルを操っていた。御殿を発《た》って吊橋《つりばし》を目指している。エンジン音も快調。寝ていないことを抜きにすれば、心地よい早朝だった。

(例えば……)

意味のない仮定と知りながら、言葉遊びのように八戒は思考を転がす。

いつになく静かな車上に、悟浄の鼻歌だけが流れていた。助手席の三蔵は、軽く空を見上げるようにしており、その後部で悟空は過ぎ去る樹々を眺めている。長閑《のどか》な――、といってもいい空気。

――例えば三仏神が選んだのが、自分たち三人でなく道雁だったならば。

三蔵はどうしただろう?

長安《ちょうあん》に残った自分はどうしていただろう?

今頃、行き場なく転がり込んだ悟浄の家で、彼との共同生活が恙《つつが》なく続いているのだろうか。押しかけのように三蔵の後についていっただろうか。悟空はどうするだろう?

想像は想像でしかなく、明確な映像として脳裏《のうり》には浮かばない。

(やっぱり下らない、ですね)

苦笑して、それはそうだ、と思う。現実はひとつで、それはあまりに揺るぎなく、八戒の心中を占めている。ここに四人がいて、この四人で旅を続けているということ。

その確かさ。曖昧《あいまい》な仮定など割り込む余地もなく。

冷たいかも知れないが、所詮《しょせん》、道雁などお呼びでない脇役に過ぎなかった。

偶々《たまたま》、と三蔵は言い、八戒も悟浄もそれを肯定した。それは嘘ではない。

誰かの要求などではなく、何《なん》らかの約束などではなく、もっといってしまえば『絆』だというものでもないと思う。自分たちが共に居るのは。

偶然。と同時に「自然」であるから。だから、だ。

後部座席からの鼻歌が途切れた。zippo《ジッポ》で煙草に火をつける音が聴こえる。

森が途切れ、前方に吊橋《つりばし》が見えた。ちらと横目で後方を伺《うかが》えば、悟浄が乱暴に悟空の肩に腕を回していた。どんっ、と強い勢いに、悟空が自失《じしつ》から戻るように金色の目を丸くする。にやにやと悟浄は、悟空の横顔に顔を寄せた。

「なぁーに、辛気《しんき》くせぇ面《つら》してんだよ」

長安《ちょうあん》の市街で暮らしていた悟浄と八戒に比べ、寺院で生活していた悟空は三蔵と同じく道雁とのつきあいも深かったはず。悟空に何か思うことがあってもおかしくはない。悟浄は瞬《まばた》きする悟空の両目をのぞき込むようにしてから、あっさり突き放した。

座席のシートにもたれかかり、紫煙を燻《くゆ》らせる。

「さぁてと。朝飯、食いに行こーぜ?」

ジープが吊橋《つりばし》に進入する。跳ねるように悟空が立ち上がった。

「朝飯っ!! そーだよ早く飯食べなきゃダメじゃんっ。めちゃくちゃ腹減ってんだから!!」

「ばぁーか、暴れんなって。落ちたらどーすんだよ」

目線を斜めに上げ、悟浄がからかう口調を向ける。笑みを含んで八戒は、視線を助手席へと動かした。空に向けていた顔を下ろした三蔵と、一瞬、目が合う。何《なに》が言いたい？とその短い間で、表情で語って三蔵は前方を向いた。八戒も運転に集中する。悟空が勢いよく立ったため、吊橋《つりばし》は撓《きし》むように揺れていた。

「大丈夫だって。来るとき落ちなかったんだから！」

説得力があるような、ないような、台詞《せりふ》。

自信満々に言い切ってから、悟空は顔をしかめた。助手席のシートに手をついてぼやく。

「もう、すげー腹減っててさあ。力出ねぇんだもん」

「あ？　お前、滅《め》げてたのは腹へってたからか？」

「え、……そーだけど？」

裏のない真顔で悟空は肯定する。——ちっ、と悟浄は損した顔で舌打ちをして、ジープの縁に肘をついた。くわえ煙草の先をゆらし、これだからな、と薄く笑う。

「ったく、胃袋以外に備わってねーのな。お前の体」

「人を化物みたいにゆーなよっ」

「へっ、立派な食欲怪獣『タベゴン』じゃねぇか。——なあ、八戒」

同意を求めるように、悟浄は運転席のシートに足を乗せた。あはは、と笑って、八戒はそうですねぇと思案顔になる。ややあって、

「とりあえず、悟浄にネーミングセンスがないのはわかりました」

「……違《ちげ》ーだろ」

「三蔵、どう思います?」

会話に誘うように八戒は矛先《ほこさき》をかえて助手席に向けた。

「『バカ』で充分だ。二人《ふたり》呼ぶ手間が省《はぶ》けるからな」

一緒にすんな!! という悟空と悟浄の声が、ぴったり重なった。それを聞いて、なるほど確かに、と八戒は三蔵の言葉に深く納得した。そのまま後方で開始される、いつも通りの武闘派な戯《じゃ》れあい。深山幽境《しんざんゆうきょう》たる閑静な風景の中で、車上の光景はあからさまに浮いている。けれど、それこそがいつも通りの自分たちで。

派手に揺れる吊橋《つりばし》。

「――――あ」

まったく唐突な八戒の呟《つぶや》きに、三蔵が怪訝《けげん》な顔をする。

「何《なん》だ?」

「いえ……」

八戒は言葉少なに受け流す。後部座席の罵《ののし》りあいと下方からの川の水流音に紛《まぎ》れて、かすかに届く異質な音があった。それに気づいているのは耳聡《みみざと》い八戒だけらしい。ジープは

吊橋《つりばし》の中間地点に差しかかっていた。進むにしろ戻るにしろ、

――どうやっても間に合わない、と。

「三蔵、今、眠いですか?」

不躾《ぶしつけ》かつ韜晦《とうかい》するかの八戒の台詞《せりふ》に、三蔵は若干の不審を表情によぎらせる。

「そりゃあな。何《なに》せ寝てねぇんだ」

「ですよね。だったら丁度いいかもしれませんね」

「だから、何《なん》だ」

遠回しな物言いに三蔵は苛立ちをあらわにした。

「後ろの二人《ふたり》も朝から必要以上に燃えてるみたいですから」

はぐらかすように謎かけじみた言葉が続く。

八戒の次に気づいたのは悟空だった。ちょっと待てよ!! と悟浄に休戦を持ちかける。

じっと耳を澄ませて、

「なあ、………この音ってさ」

「何《なん》だよ、少ねぇノーミソがいい感じで転がってんのか?」

「違うって!!」

ジープのシートを蹴りつけて悟空は反論する。それが揺れを益々《ますます》大きくし、吊橋《つりばし》を支え

る縄の千切《ちぎ》れていく音を万人が聞き取れるほど明らかなものにした。激寒《げきさむ》い冗談を耳にしたように、悟空と悟浄は一瞬で固まる。今更のように、二人《ふたり》は恐々《こわごわ》慎重な動作で八戒を見た。助手席の三蔵もまた、極めて不機嫌に眉を顰《ひそめ》ていた。

その三者が、ほとんど重なるタイミングで口を開こうと――

「無理です。間に合いません」

するのに先回りして、八戒は冷淡に答える。

と同時に、ぶちぶちぶちっ!!　と悪夢のような音が渓谷《けいこく》に響いた。

予定されていたかの、いっそ優雅な軌跡を描いて、吊橋《つりばし》は下方へ――河川《かせん》に向けて落ちていく。その光景に、優雅からは程遠い複数の長い悲鳴が彩りを添えた。水面で上がる盛大な水飛沫《みずしぶき》が、落下の激しさを物語っている。だが、深大《しんだい》な渓谷《けいこく》はすべてを包み込み、悠久《ゆうきゅう》とした大気はすぐに静寂を取り戻す。

果たして。

水の冷たさが、忌《い》まわしい夜を越えた朝の目覚めに、相応《ふさわ》しいものだったのかは。

四人《かれら》のみぞ知る――。

劇場版　幻想魔伝最遊記～選ばれざる者への鎮魂歌《レクイエム》～　完

最遊記一夜（あとがきにかえて）

悟空が見る夢ってどんなのだろう？　と実は今回すごい考えました。

何故か、お約束な「食べ物に埋もれる」系の夢を見る悟空というのが、どうしても想像できませんでした。なんでだろう。悟空って、あんまり夢は見ないタイプかもしれないなあ、と思ったり。悟空のパーソナリティは難しいです。見た目十八で、でも五百年以上生きてる奴のことなんか判んねーよー、と何度か泣きたくなりました（笑）。手探りで手探りで、暗闇の中で金砂を一粒見つけようとするみたいに、考えて、想像して——、あ、言い訳ぽくなるからこれ以上はヤメます。

煙草は向坂も吸うので、描写には結構力を入れました。でもねー、大体どんなのでも吸うのですけど、実はハイライトだけは苦手なのです……。ごめんなさい、悟浄さん。でも、ちょっと何がいいのか教えてほしいかも。キツいところかな。でもでも、ハイライトって「汗」の味しないッスか？　しねーよ、と突っ込まれそうですが（笑）。マルボロは判る。何か品のある味っぽいってゆーか。……あくまで個人的な感想なんですけども。

悟空のメシ、三蔵と悟浄の酒&煙草、八戒の毒舌ってのは、やっぱ等価値《イコール》なのかなー。禁煙みたいな感じで「禁毒舌」を八戒にさせてみたらどうなるんだろう……。やっぱ、禁断症状？　いや、なんかすげー誉め殺しで余計質《タチ》が悪くなりそうな気もしますね。って、さっきから私的空想話ばかりで申し訳ないです。いい加減にしときます。

小説を書くとき、よくワープロに落書きするんですが（書き終わると消す）、今回書いたのは「最遊記・凶暴な詩情」でした。うわ、ちょーハズい!! 笑ってやってください。もちろん、これが最遊記の核心をついてるなんて大それた事を思ってるわけじゃなくて、なんていうか自分を盛り上げる為のおまじないみたいなモンでした。

あと「ものすごい力でやったものは絶対にものすごく伝わるんだ」も、毎度のように今回も書きました（笑）。人様の名言なんですけども。……そういや、キータッチが強いのか向坂はしょっちゅうワープロを壊すんですが、今回は一度も調子悪くならなかったなー。そうか、だからその分、自分が壊れたのか。納得、納得。じゃねえっての。

とにかく無事本が出るということで、お世話になった皆様には言葉に尽くせぬ程の感謝を。ありがとうございました。そして、この本を手にとってくださった方が、せめて値段分（或いはそれ以上）愉しんで頂けたら幸いです。そうでなかったら、ごめんなさい。

では、この辺で。

二〇〇一年　朱夏

向坂氷緒　拝

GFN

劇場版

幻想魔伝 最遊記
～選ばれざる者への鎮魂歌《レクイエム》～

2001年10月27日 初版発行

著者
◆
向坂氷緒

表紙
◆
峰倉かずや

発行人
◆
田口浩司

発行所
◆
ENIX 株式会社エニックス
〒160-8307
東京都新宿区西新宿4-15-7 後楽園新宿ビル3階
営業 03(5352)6441
編集部 03(5352)6460

印刷所
◆
凸版印刷株式会社

ISBN4-7575-0554-X C0293